오이디푸스 왕
안티고네
엘렉트라

The best
stories
of Sophocles

오이디푸스 왕
안티고네
엘렉트라

차 례   The best
            stories
            of Sophocles

The best stories
of Sophocles

오이디푸스 왕

등장인물

오이디푸스 테베의 왕

제우스의 사제

크레온 이오카스타의 남동생

테이레시아스 예언자

이오카스타 테베의 왕비

코린트 (고대 그리스의 상업·예술의 중심지—옮긴이) 양치기

테베 양치기

전령

코러스 테베 시민으로 구성된

안티고네와 이스메네, 오이디푸스와 이오카스타의 딸들 대사는 없음

사제들, 시종들 외

배경은 테베의 왕궁 앞이다.

오이디푸스 내 자식들이여*, 선조 카드모스**의 후손이여,

무슨 일로 탄원자의 나뭇가지***를 들고

이곳에 모여 있느냐?

무슨 연유로 사방에 온통 유향이 가득하고,

찬가와 기도와 탄식으로 가득 찼느냐?

자식들아, 이는 다른 이들에게

맡길 사안이 아니었기에, 내 친히 왔노라.

천하에 명성이 자자한 나, 오이디푸스가 말이다.

그대, 노인이여, 살아온 세월로 보아

대변할 자격이 있겠구려. 말해보시게, 원하는 게 무엇이오?

무엇이 두렵고, 무엇이 슬프오? 믿어도 좋소.

가능하다면 내 뭐든 해주리다.

그런 탄원을 측은히 여기지 않을 정도로 매정하지는 않소이
다.

사제 테베의 위대한 왕이요, 최고 통치자이신 오이디푸스 왕이여,

저희를 굽어살피소서. 지금 제단 앞에 서 있는 자 중에는

아직 날개가 약한 젊은이도, 세월에 허리가 굽은 자도 있나
이다.

저와 같은 제우스의 사제들과 그리고 여기 있는

---

* 테베 시민을 일컫는 것으로 오이디푸스 왕의 가부장적 자비와 절대 권력을
  암시.
** 테베 왕조의 시조.
*** 양털을 감은 월계관이나 올리브 가지.

우리나라 최고의 젊은이들이, 시장에서,

아테나의 신전과, 예언이 불처럼 타오르는

사원 옆에서, 저마다 무릎을 꿇고

탄원의 가지를 들고 있으며, 다른 테베 백성들도 그러합니다.

이 도시가, 왕께서 친히 보다시피, 이제

폭풍에 휩쓸려, 파도처럼 치솟는 성난 죽음 위로

그 머리를 더는 쳐들지 못합니다.

유실수 꽃으로 만개했던 땅은 불모지로 전락하고,

초원의 소 떼도, 저희 아내들도

출산을 해도 결실을 얻지 못하나이다.

마지막으로 무엇보다 끔찍한 일은,

모든 걸 앗아가는 역병의 신이 급습하여,

카드모스의 도시는 폐허가 되고 어둠의 하데스는

우리의 신음과 탄식으로 넘쳐나고 있습니다.

저를 비롯한 폐하의 자식들이 성문에서 기도를 올리는 까닭은

폐하를 신으로 여겨서가 아니라,

누구보다 현명하시어, 인생의 수수께끼를 풀고

천국의 숨은 길을 찾아낼 능력자이시기 때문입니다.

잔인한 스핑크스가 저희 도시를 옥죄여 바치게 했던 피 묻
　　은 제물로부터

저희를 구원한 분이 바로 폐하셨기 때문입니다.

저희가 돕지도 가르쳐드리지도 않았지만, 저희가 지금 이렇
　　게 확신하듯,

신을 동맹 삼아 저희를 되살리셨습니다.

그러니 이제, 가장 존경하고, 가장 위대하신 오이디푸스여,

저희 모두 무릎 꿇고 간청하오니,

부디 저희를 구해주소서, 신들에게든 어떤 자에게든

폐하께선 구원의 방도를 찾아낼 길이 있나이다.

소인이 그자의 조언이 최선이라 아뢰는 까닭은

경험이 많은 자이기 때문입니다.

자, 고귀하신 오이디푸스여! 부디, 저희 도시를 구해주소서.

과거에 베푸신 은혜로

폐하를 구원자라 믿고 있습니다.

폐하의 위업에서 살렸다가 다시 파멸하게 두는

최초의 선례를 남기지 마옵소서.

그렇습니다, 저희 도시를 구하시고, 견고히 서 있게 하소서.

폐하께서는 전에도 기쁨과 구원을 베푸셨으니,

이제 그만큼만 베푸소서. 이 땅의 지배자는 폐하이십니다.

살아 있는 사람들이 가득한 땅을 통치하기가

불모지를 통치하기보다 좋습니다. 성채든 배든

함께하는 사람이 없다면 아무 의미가 없나이다.

오이디푸스   내 자식들이여, 너희의 소원이 무엇인지,

내 진정 이해하니, 불쌍하구나.

고통이 얼마나 심한지 알고 있다. 그러나

괴롭다 한들 내 고통의 절반에도 이르지 못하는구나.

너희의 고통은 한 가지가 아니더냐.

너희는 저마다 저 자신의 고통만을 느낄 따름이다.

내 마음은 이 도시의 고통과 나 자신의 고통에

너희의 고통으로 무겁도다.

잠이 들어 깨워야 하는 자에게 청하듯 할 필요는 없다.

수많은 눈물을 흘리고, 떠오르는 계획마다 따져보고,

그러다 간절한 고민 끝에 결국 어떤 해결책,

어떤 단 하나의 희망을 찾아내 실행에 옮기고 있다.

메노이케우스의 아들이요, 처남인 크레온을

델피로 보내 태양신 포이보스의 신전에 내가 어떤 행동,

어떤 말로 구원을 베풀어야 하는지 알아오게 했다.

이제, 이렇게 손꼽아 기다리는데,

크레온은 뭘 하고 있는지 애가 타는구나.

올 때가 지나도 돌아오지 않으니. 그러나 크레온이

돌아온 다음에도, 태양신이 밝힌 일을 내가 하나라도

행하지 않는다면, 그땐 나를 악인으로 기록하라.

사제 폐하께서 저희에게 희망을 주셨습니다. 게다가 다행히도

크레온이 귀환했다는 신호가 들어오고 있습니다.

오이디푸스 오, 아폴로 신이여, 크레온이 미소 짓듯이,

이제는 우리를 향해 미소 짓고, 구원을 허락하소서!

사제 좋은 소식일 겁니다. 그렇지 않고서야 크레온이 저렇게

무성하고 열매가 풍부한 월계관을 쓰고 있지는 않을 겁니다.

오이디푸스 이제 곧 알겠지. 내 목소리가 저 멀리까지 닿을 것이니.

크레온, 나의 처남, 나의 친족이여, 델피의 신에게서

어떤 대답을 가져왔소이까?

(크레온 등장)

크레온 좋은 소식입니다! 우리가 겪는 고통을 제대로만 해결한
　　　　다면 다시 행복으로 돌릴 수 있답니다.

오이디푸스 그 말을 들으니 두렵기도 하고 안심이 되기도 하는구려.
　　　　포이보스가 뭐라 하시던가?

크레온 지금 백성들 앞에서 전해드릴까요? 아니면 궁전에서?
　　　　원하시는 대로 하겠습니다.

오이디푸스 저들 모두가 듣게 하라! 저들의 고통으로 인한 괴로움이
　　　　내 목숨이 위태로운 경우보다 심하다오.

크레온 그러면 아폴로 신의 말씀을 전하겠나이다.
　　　　아주 분명했습니다. 여기 우리에게
　　　　해묵은 더러움이 퍼져 있다고 합니다. 이것을
　　　　없애지 않는다면 걷잡을 수 없게 된다고 합니다.

오이디푸스 우리를 더럽힌 게 무엇이오? 어떻게 해야 없앨 수 있
　　　　단 말이오?

크레온 사람을 죽여 이런 역병을 우리에게 퍼뜨린 자를
　　　　추방하거나 처형해야 합니다.

오이디푸스 신께서 힐책하신 죽음이 누구의 죽음이란 말이오?

크레온 폐하, 폐하께서 이 도시를 보살피시기 전에,
　　　　라이오스라는 왕이 계셨습니다.

오이디푸스 이름은 자주 들어봤는데, 만난 적은 없소이다.

크레온 아폴로께서 저희를 힐책하는 게 선왕의 죽음 때문이 분명하니, 선왕을 살해한 놈들을 잡아 원수를 갚아야 합니다.

오이디푸스 그놈들이 지금 어디 있는지 아시오? 어디에서 그렇게 오래된 범죄의 흔적을 찾겠단 말이오?

크레온 신께서 말씀하시길 한 사람이라도 신중히 물색하면 놓칠 것도 찾아낸다고 하셨습니다.

오이디푸스 어디서 살해되었는가? 여기 궁전에서? 아니면 시골에서? 아니면 외국에서?

크레온 신의 조언을 듣고자 여행길에 나섰던 거라고 하시더군요. 그러고는 다시는 집으로 돌아오지 않으셨습니다.

오이디푸스 그런데 아무런 신고도 없었소? 함께 여행하던 자로 수색에 도움이 될 만한 단서를 알고 있던 자도 없었소?

크레온 모두 죽고, 공포에 사로잡힌 사내 한 명만 살아남았는데, 그는 아무 말도 하지 않았습니다. 거의 아무 말도요.

오이디푸스 그래 조금이나마 뭐라 했소? 하나의 단서가 물꼬를 틀 지도 모르니, 한 줄기 빛을 찾는다면 얼마나 좋겠느냐.

크레온 그자의 말로는 도적 떼를 만났다는데, 그들이 라이오스 왕을 죽였다고 합니다.

오이디푸스 도적 한 놈이 감히 할 짓은 아니지. 그자에게 뇌물을 건넨 공모자들이 테베에 있다면 모를까.

크레온 짐작했던 바가 있었사오나, 재앙이 덮친 데다,

저희를 영도할 분이 안 계셨지요. 왕이 없었으니까요.

오이디푸스 재앙? 왕이 그렇게 칼에 쓰러졌는데도,

원인을 찾아보지도 않았소? 도대체 걸림돌이 무엇이었소?

크레온 스핑크스이옵니다. 스핑크스가 수수께끼를 내어 저희를
더욱더 옥죄었고,

라이오스 왕께선 보이지도 않으니 마음도 멀어진 셈이었지요.

오이디푸스 내 다시 조사를 시작하여, 진실을 밝히겠노라.

연유를 찾다보니 포이보스와 그대가 선왕을

진심으로 지키려 했다는 걸 깨달았소. 내 그대와 함께

테베와 포이보스를 대신해 복수의 길에 나서겠소.

실로 그래야겠소. 이 더러움을 없애버리는 일은,

모르는 낯선 자가 아닌, 나 자신을 위한 일이오.

선왕을 살해한 자가 나에게도 같은 짓을

범할지도 모르지 않소. 그러니 복수를 통해

나 자신을 보호하겠노라.

자, 그대들, 내 아들들이여, 지체 말고 일어나

탄원의 나뭇가지를 들어 올려라.

누가 가서 사람들을 이리 불러오너라.

내가 해야 할 일이 있노라.

신의 은총으로 우리 모두 구원되든지 아니면 몰락하리라.

사제 내 자식들이여, 이제 갑시다. 왕께서 우리의 요청을 모두

들어주기로 약조하셨소. 오 포이보스여,

신께서 우리를 보호하겠다는 답을 내리셨도다!

역병 퇴치를 허하셨도다!

(크레온, 사제들 외 퇴장, 오이디푸스는 남는다)

(테베 시민을 대변하는 코러스 등장)

송가 1

코러스   (노래한다) 달콤한 제우스 신의 목소리가

델피의 금빛 신전에서 울리는구나.

어떤 전갈이 테베로 전해진 걸까? 내 떨리는 심장이

고통으로 찢어지는구나.

그대 치유의 신, 포이보스 아폴로여,

너무나 두렵사옵니다!

이제 우리에게 무엇을 내리실 생각이옵니까? 오래전부터

완수해야 했던 일이 무엇입니까?

말해주소서, 오 성스런 목소리,

그대는 금빛 희망의 자식입니다.

답송 1

우선 제우스의 딸에게 도움을 요청하나이다.

여신 아테나여.

그리고 아르테미스, 그대의 옥좌는 온 천하이며, 그대의

신전은 우리 도시에 있나이다.

또한 궁수의 신 아폴로여.

세 분의 신께서 우리를 수호하러 오셨도다!

설사 과거에는, 파멸이 우리를 덮치려던 순간

그대의 행로를 고수하고

죽음의 홍수에서 비켜섰다 하더라도

이제는 우리를 보호하소서!

송가 2

과거의 일로 불행의 연속이구나.

역병이 도시 전역에 깃들어 있고, 어디에서도

파멸을 막을 준비가 되어 있지 않도다.

신성한 토양은 결실을 맺지 못하고,

우리 여인네들은 고통에 울부짖으며 아이를 낳지만,

살아 있는 아이는 아니도다.

죽어가는 자들의 영혼이, 하나씩 차례대로 끊임없이,

재빠르게, 마치 타오르는 불길처럼 일어나

죽은 자의 어두운 영역으로 도망가는구나.

답송 2

우리 가운데 과거의 일로 죽어가는 자들은

땅바닥 위에 누워, 누구의 동정도 받지 못하고

땅에 묻히지도 못한 채, 대기를 숨도 못 쉬게 더럽히도다.

젊은 부인들과 백발의 노모들이 곳곳에서

그들을 끌고 제단으로 다가와

크게 울부짖으며 탄원하는구나.

치유를 원하는 기도 소리와 크게 울부짖는 통곡 소리가

한데 섞여 불협화음을 내는구나.

아, 그대 제우스의 금빛 딸이여, 그대의 도움을 베푸소서!

송가 3

사나운 전쟁의 신께서 자신의 창을

옆에 내려놓으셨도다. 그런데도 그의 끔찍한 곡소리가

우리 귓속에서 울리고, 그는 죽음과 파멸을 널리 퍼뜨리네.

그대 신들이, 그를 다시 머나먼 그의 집으로 내몰았도다!

한낮의 빛이 남겨놓은 걸 밤의 어둠이 파괴하기 때문이니.

제우스, 우리의 아버지여! 모든 힘은 그대의 것입니다.

번개 같은 섬광도 그대의 것입니다.

그대의 벼락을 그를 향해 내려치시오,

그리하면 이 전쟁의 신이 잠잠해지리다!

답송 3

기도하나이다. 아폴로 신이시여. 그대의 활을 당겨

저희를 보호하소서. 그대의 화살 통에는

한 치의 착오도 없는 화살로 가득하니. 쏘시오! 저 파괴자를
　죽이소서!

그리고 그대, 빛나는 아르테미스여, 도와주소서!

머리카락을 금으로 묶은 그대,

바쿠스, 신성한 춤의 신이여,

테베의 바쿠스여! 와서, 모습을 보이소서!

그대의 타오르는 횃불을 보이소서. 우리의 한복판에서

다른 신들이 혐오하는 저 잔혹한 신을 몰아가소서!

오이디푸스 이 기도에 대한 답을 원하느냐?

그렇다면 내 말에 귀를 기울이고, 명심하라.

너희가 돕는다면 구원을 얻어,

마침내 우리의 모든 불행이 끝날 수도 있겠구나.

여기 그대 모두의 앞에 서 있는 나는 그런 범죄도

그런 이야기도 처음이도다. 단서 없이,

내가 혼자 무엇을 할 수 있었겠는가?

게다가 당시 나는 외지인이었다.

시간이 지나서야 테베 백성 속에서 살아가는

한 사람의 테베 백성이 되었으니.

따라서 이제 모든 테베 백성들에게 선포하노라.

테베 백성 가운데 어떤 자의 손에

라브다쿠스의 아들인 라이오스 왕이 죽었는지

아는 자가 있다면, 그에게 명하노니

내게 와서 모든 사실을 고하라.

두려워 주저한다면, 두려워하는 책임에서

면하게 해줄 터이다. 어떤 처벌도 내리지 않고,

테베에서 무사히 떠나도록 해주겠다.

또한 살인자가 외국에서 온 낯선 자라는 사실을

아는 자가 있다면, 나와서 진실을 밝히거라.

그리하면 응분의 보상뿐만 아니라,

최고의 치하를 내릴 것이다.

그러나 계속 입을 다문다면,

혹여 자신이나 친구가 두려워 나서지 않는다면,

날 거역하는 셈이니, 내 말을 새겨들어라.

내 그대로 행할 것이다.

그자가 누구든, 왕이요 최고 권력자인 내가

이 나라 모든 백성에게 고하노니,

제집에 그자를 숨겨준다거나 그에게 말을 걸거나,

혹은 그자와 함께 신께 기도하거나 제물을 올리거나,

그에게 정화수(淨華水)를 건네는 일을 금하노라.

모든 백성에게 명하노니 그를 문밖으로 쫓아내라.

우리에게 이 역병을 끌어들인 자가 바로 그자이니라.

델피의 신께서 방금 내게 그렇게 언명하셨도다.

따라서 신과 살해당한 선왕의 엄중한 동맹자로서,

선왕을 혼자 살해했든 여러 가담자와 함께 살해했든,

살해한 자에게 저주하노니,

불쌍한 자여 참혹하고 불행하게 살게 되리라.

또한 내가 알면서도 그자를 내 집에

받아들인 게 밝혀진다면,

그자에게 가한 저주가 내게도 닥치리라.

그대들에게 책무를 지우노니, 내 명을 모두

따르라. 나와 신, 그리고 하늘에서 채이고

유린당한 이 나라를 도우라.

그대들의 왕이었던 분의 죽음으로 인한 더러움을

없애지 않고 그냥 둬선 안 되오.

하늘이 우리에게 명하지 않았다 해도,

밝혀내야 하오. 이제 선왕이 썼던 왕관을 쓰고,

그의 왕비를 아내로 맞이하고,

우리에게 아이들이 태어났지만, 그의 친자손은 죽고,

그것도 뜻밖의 죽음으로 가버리니,

선왕의 대의를 내 아버지의 대의를 받들 듯

내가 지켜나가겠소.

무슨 수를 써서라도 라브다쿠스의 아들이자,

폴리도루스*, 카드모스**, 늙은 아게노르***의 자손을

죽인 자를 찾아낼 것이다.

거역한 자들에게는,

땅에서는 결실이 늘지 않고,

아내는 자식을 낳지 못하며,

지금의 역병과 더 가혹한 역병이 돌아

---

* 테베의 왕, 카드모스와 하르모니아의 아들.

** 아게노르의 아들.

*** 페니키아의 왕.

모두가 파멸토록 저주하노라.

그러나 내 말을 따르는 자들은

은혜를 받도록 기도하리라.

정의의 신과 다른 모든 신이

그대 곁에서 영원히 그대를 도우리라.

코러스 저주를 퍼부으시니 도리 없이 말씀드립니다.

전 그를 죽이지도 않았고, 누구 짓인지도 모릅니다.

범인을 밝히는 과업을 내린 장본인이 포이보스시니

신께선 아실 것입니다.

오이디푸스 옳은 말이다. 허나 신들께 원치 않는 일을 하도록 강

요하는 건

인간의 모든 권한을 벗어나는 일이다.

코러스 말씀드릴 수 있는 건 차선책뿐이옵니다.

오이디푸스 세 번째 방도라도, 주저하지 말고 말하라.

코러스 아폴로의 마음을 테이레시아스만큼 확실하게

읽는 자는 없는 줄로 압니다. 그에게 조언을 구하는 길이

진실을 아는 최선의 방도일 것입니다.

오이디푸스 이번에는 도외시하지 않았소. 크레온의

충고대로 이미 두 명의 전령을 보냈거늘.

이상하게 아직 오지 않는구려.

코러스 오래되고 쓸데없는 소문에 불과한 이야기가 있습니다.

오이디푸스 그래, 무슨 소문이냐? 지푸라기라도 잡아보자.

코러스 선왕께서 유랑자들한테 죽임을 당했다는 겁니다.

오이디푸스   그 소문은 나도 들었네. 하지만 목격자는 아무도 없지
     않소.

코러스   그러나 두려움에 흔들리고 있다면,
     왕께서 내린 저주를 듣고 그냥 입 다물고 있지는 않을 것입
     니다.

오이디푸스   저들이 저주를 두려워할까, 사람을 죽일 만큼 간 큰
     놈들이?

코러스   여기 범인을 찾아낼 자가 왔나이다. 마침내
     예언자를 데려왔습니다. 직관이 뛰어난 자로,
     마음이 진실한 유일한 자입니다.

(테이레시아스가 소년에 이끌려 등장)

오이디푸스   테이레시아스, 그대에게 땅과 하늘의 뜻과
     비밀을 읽는 예지력이 있으니,
     눈은 보이지 않아도,
     우리가 역병에 시달리는 걸 알 것이오.
     그대 외에는 우리를 이 역병에서 구할 자가 없구려.
     그대도 이미 들었겠지만, 포이보스가 이르길,
     라이오스 왕을 살해한 자들이 누구인지 밝혀내,
     그들을 사형에 처하거나 추방해야
     이번 역병이 물러간다고 했소이다.
     허니 새나 불에 나타난 점괘를 보고

알게 된 내용을 모두 시원하게 말해보라.

선왕의 피살로 생긴 더러움으로부터

우리를, 나를, 우리 도시를, 그리고 그대 자신을 구하라.

최선을 다해 다른 사람들을 돕는 일보다

훌륭한 일은 없나니, 우리 모두

그대의 손안에 있소이다.

테이레시아스   아! 아는 게 아무 소용없을 때는 안다는 것 자체가

너무나 부담스럽습니다! 이 일을 잘 알고 있었으나,

까맣게 잊고 있었는데, 아니면 오지 말았어야 했습니다.

오이디푸스   왜 그러느냐, 이 일이란 게 무엇이냐? 왜 그런 한탄을

하느냐?

테이레시아스   집에 보내주십시오! 제가 그냥 돌아가는 게 왕께도

제게도 최선입니다.

오이디푸스   그러나 자네가 아는 바를 아직 밝히지 않지 않았느냐!

네가 태어난 도시에 등을 돌리는 일은 못 할 짓이로다.

테이레시아스   왕께서 뱉은 말 때문에 왕 스스로 파멸할 것임을

제가 압니다. 그러니 제게도 같은 운명이 닥치지 않도

록······.

오이디푸스   됐다. 신의 명으로! 아는 바를 모두 말해봐라.

무릎을 꿇고 우리가 그대에게 탄원하지 않느냐.

테이레시아스   모르시는 말씀입니다! 제가 짊어진 짐이 어떤 짐인지

절대 밝히지 않을 것입니다. 왕께서 짊어진 짐도 입에 올리

지 않을 것입니다.

오이디푸스 알면서도 말하지 않겠다고? 테베를 파멸시키고 우리
　　　　모두를 말살하고 싶으냐?

테이레시아스 저의 고통과 당신의 고통은 제가 초래한 고통이 아
　　　　닐지니.

　　　　말하지 않겠다는데 왜 그런 쓸데없는 질문을 하십니까?

오이디푸스 이런 나쁜 놈! 화를 자초하다니. 말하지 않는 게 아니라
　　　　참으로 냉혹하고 완강한 모습을 드러내는구나.

테이레시아스 저를 비난하십시오. 그래도 당신이 짊어진 짐이 무
　　　　엇인지는

　　　　말하지 않겠습니다. 그러니 제가 나쁜 놈입니다!

오이디푸스 우리 백성을 그렇게 노골적으로 무시하는데
　　　　어느 누가 화를 내지 않겠느냐?

테이레시아스 제 도움 없이도, 진실은 밝혀질 것입니다.

오이디푸스 결국 밝혀질 일이라면, 말하는 게 낫지 않느냐.

테이레시아스 더는 드릴 말이 없습니다. 그렇게 하기로 선택한
　　　　이상,

　　　　왕께서는 마음껏 화내시고 고함을 치시면 될 일입니다.

오이디푸스 마음껏? 그렇다면 말하지 않아도 안다는 걸 알려주마!
　　　　네놈 모습을 통해 알아낸 점을 죄다 말해보겠다.
　　　　난 이번 범죄가 미리 계획된 일로 네놈의 짓이라고 생각한다.
　　　　죽이는 일만 빼고 죄다 말이지. 장님만 아니라면
　　　　네놈의 손만 보고도 살인을 저질렀다고 했을 것이다.

테이레시아스 그렇습니까? 그렇다면 말씀드리지요.

그대가 내린 칙령을 따르십시오. 지금부터

이 사람들과 제게 한마디도 하지 마십시오.

그대가 바로 우리 도시를 더럽힌 죄를 지은 자입니다.

오이디푸스 뭐라고? 방자함이 도를 넘었구나.

그러고도 벌을 면하게 되길 바라느냐?

테이레시아스 그렇습니다. 전 진실만을 말할 뿐입니다.

오이디푸스 누가 그렇게 알려주더냐? 네놈의 재주는 아닌 듯하

구나.

테이레시아스 그렇습니다. 바로 당신입니다! 제 뜻과 상관없이, 제

입을 열게 한 탓입니다.

오이디푸스 입을 열었다고? 다시 말해보아라, 분명하게.

테이레시아스 이해 못하시겠습니까? 아니면 절 시험하시는 것입

니까?

오이디푸스 잘 이해되지 않으니, 다시 말해보아라.

테이레시아스 왕 자신이 바로 당신이 찾는 살인자란 말입니다.

오이디푸스 날 두 번씩이나 모욕하면 처벌을 면치 못할 것이다!

테이레시아스 그렇다면 화를 돋우는 말을 더 할까요?

오이디푸스 하겠다면 해봐라. 말해봤자 소용없겠지만.

테이레시아스 왕이신 당신께서 가장 가까운 사람들과 더불어

치욕으로 얼룩진 끔찍한 인생을 살고 있음을 당신이 모른다

는 겁니다.

오이디푸스 오만방자한 죄로 값비싼 대가를 치르리라!

테이레시아스 그렇지 않을 것입니다. 진실이 무엇보다 강력하고

우세한 힘을 발휘하는 한은 아닐 것입니다.

오이디푸스 물론이다. 하지만 너의 진실은 예외로다.

네가 눈만 아니라 귀도 머리도 그리고 모든 기능이 멀었구나.

테이레시아스 모든 사람이 당신이 그렇게 모욕하게 되면,

절 이렇게 모욕했다는 사실을 잊지 못할 것입니다.

오이디푸스 어둠 속에 사는 탓이로다. 그대는 나뿐만 아니라

눈이 있는 사람들에게 어떤 해도 입히지 못할 것이다.

테이레시아스 그렇습니다. 전 당신을 파멸시키려는 게 아닙니다.

아폴로만으로 충분합니다. 그가 알아서 할 일이지요.

오이디푸스 크레온이냐 아니면 네놈이냐? 둘 중에 누가 이 음모를

꾸몄느냐?

테이레시아스 당신의 적은 크레온이 아니라, 바로 당신 자신입니다.

오이디푸스 아, 부여! 아, 충절이여! 그대의 뛰어난 재주가

시끄러운 인생살이에서 다른 어떤 재주보다 우월하구나!

얼마나 많은 선망의 눈길이 네놈에게 쏠리겠는가!

테베에서 청하지도 않았는데 내게 준 이 홀(笏)*에 눈이 멀어,

이제 나의 친구이자 미덥던 크레온이 나를 쫓아내고 홀을

손에 넣는다면!

그래서 크레온이 여기 있는 이 교활한 모사꾼,

돈주머니에만 눈이 달린 장님이란 재주를 피우는

이 사기꾼을 부추겼겠지.

---

* 왕이 권위의 상징으로 들던 지팡이.

이리 오너라, 예언자여, 와서 네 정체를 밝혀라!

스핑크스가 이곳에서 노래를 읊조렸을 때,

왜 당당히 나서서 도시를 구하지 않았더냐?

타고난 지혜가 아닌, 점괘로 풀어야 할 문제였다.

하지만 그때 네놈은 예언자 노릇도 하지 않았고,

네놈의 새나 하늘에서 들린다는 네놈의 목소리도

말 못하는 벙어리였다. 그러나 나는,

우연히 이곳에 들렀던 나는, 아무것도 몰랐지만, 스핑크스

   를 달아나게 했다.

나의 지혜 덕분에 말이다. 점괘 덕분이 아니라!

그런데 이제는 네놈이 날 쫓아내려 하다니. 크레온의

왕권 아래서 은혜를 누리려는 속셈이도다.

저주를 퍼부은 네놈의 짓에 대해 속죄하겠느냐? 그렇다면,

너와 공범들 모두 참회하라. 허나 네놈은

고령인 듯하니, 역모를 꾀하면 어떤 대가를 얻는지 내 친히

   알려주겠다!

코러스   왕이시여, 저자가 분풀이로 내뱉은 말입니다.

왕께서도 마찬가지입니다. 분노에 찬 말을 주고받는 게 무

   슨 소용이 있겠습니까?

자, 할 일이 있습니다. 신께서 우리에게 지우신

소임을 다할 최선의 방도를 찾는 일입니다.

테이레시아스   그대가 왕이라 해도, 제게도 왕과 마찬가지로

답할 특권이 있습니다. 아니, 권리가 있습니다.

난 그대의 노예가 아니고, 아폴로를 섬기는 자로서,

크레온의 사람이 아닙니다.

들어보십시오. 왕께서 저를 장님이라고 조롱하셨습니다!

그대는 앞이 보이지만, 어디서, 누구와 함께 살고 있는지 보

　지 못하며,

어떤 공포 속에 그대 부모가 살았는지 모르고 있습니다.

부모가 누군지 아시나요? 그대가 살았든 죽었든

모든 친족의 원수임을 아시나요?

아비의 저주와 어미의 저주가

기세를 모아 그대를 테베 밖으로 황급히 몰아내고,

그대가 보는 빛을 어둠으로 변하게 하리라는 사실을 아시나요?

고통에 찬 그대의 곡소리가 어디까지 미칠지 아시나요?

키타이온*에서 그 곡소리가 어디까지 울려 퍼질지 아시나요?

순조로운 여정이 끝나고 그대를 이곳 악의 도피처로 향하

　게 했던

결혼식 노래가 어떤 의미였는지 언제 깨닫게 될지

아시나요? 그대가 보지 못하는 공포가 또 있습니다.

그대뿐 아니라 그대의 친자식들도 느끼게 될 공포 말입니다.

그러니 크레온과 저를 실컷 비웃으십시오.

살아 있는 어떤 자도 그대의 운명보다

가혹한 운명을 만나지는 않을 터이니.

---

* 제우스를 모신 테베 근처의 산.

오이디푸스   뭐라고? 저놈이 퍼붓는 이런 저주를 참아야 하느냐?

　　　　　파멸과 천벌을 받아라! 당장 내 눈앞에서 사라져라!

　　　　　사라져! 왔던 곳으로 돌아가라!

테이레시아스   부르시지 않았다면, 오지도 않았을 것입니다.

오이디푸스   그런 어리석은 소리를 지껄여댈 것을 미리 알았다면,

　　　　　내 거처로 불러들이지 않았을 것이다.

테이레시아스   당신께는 제가 어리석게 보이겠지만, 당신 부모나

　　　　　당신을 낳은 자들에게는, 현자였습니다.

오이디푸스   입 닥쳐라! 그들이 누구라고? 누가 내 부모였다고? 말

　　　　　해봐라!

테이레시아스   오늘에서야 당신의 탄생과 파멸이 밝혀지는군요.

오이디푸스   네놈은 암울하고 알 수 없는 얘기들을 지나치게 좋아

　　　　　하는구나.

테이레시아스   아니, 수수께끼를 푸는 능력이 뛰어난 왕이지 않으

　　　　　십니까?

오이디푸스   네 비웃음이 경멸스럽구나. 내 능력으로 얻은 영광이다.

테이레시아스   게다가 이런 성공으로 파멸도 얻으셨습니다.

오이디푸스   내가 이 도시를 구한다면, 그것으로 만족한다.

테이레시아스   그럼 이제 가겠습니다. 자, 애야 내 손을 잡아라.

오이디푸스   좋다. 손을 잡아줘라. 분통 터지게 하는 놈일 뿐이다.

　　　　　마음이 불편하니 썩 꺼져라!

테이레시아스   드릴 말씀은 다했습니다. 아무리 위협해도

　　　　　절 겁주지도 해하지도 못할 것입니다.

제가 전하는 말은 이렇습니다. 당신이

라이오스 왕을 살해한 죄로 저주를 하고

칙명을 내려 찾으려는 자가 바로 이곳에 살고 있습니다.

외지인으로 보이지만 원래 테베 출신이지요.

테베 출신이라는 점이 그에게는 별로 달갑지 않을 것입니다.

눈이 멀고, 한 푼 없는 알거지로 전락하여,

타국 땅에서 지팡이에 겨우 의지한 채 살아가게 되고,

저 자신이 친자식들에게 아버지이자 형제요,

자신을 낳은 어머니의 남편으로

제 아버지 대신 들어앉은 자이며, 게다가

아버지를 죽인 자라는 사실을 알게 되면 말입니다.

자! 가셔서 이 말씀을 생각해보십시오.

제가 틀렸다는 사실을 알게 되면,

그때 말씀하십시오. 그러기 전에는

저를 점괘에 무지한 자라고 욕하지 마십시오.

(오이디푸스, 테이레시아스, 소년, 제각기 퇴장)

송가 1

코러스   (노래한다) 신의 목소리*가 신성한 동굴 속에 울려 퍼지며

죄 중의 죄, 왕을 살해한 자를 비난하네.

---

* 신탁하는 아폴로의 목소리.

그자가 누구인가? 말처럼 잽싸게,
황급히 도망쳐 사라지도록 두라!
잔혹한 신*이 무장한 전사(戰士)처럼 번갯불을
내리치려 하기 때문이라네.
죄를 벌하는 복수의 세 여신이, 절대 실패하는 법 없이
바짝 뒤를 쫓는구나.

답송 1

내린 눈으로 높게 솟은 파르나소스 산**의 절벽이 하얗구나.
눈이 빛을 발하며 명을 전하도다. 모든 테베의 백성이여
사냥에 동참하라!
깊은 숲 속, 산중의 동굴에 몸을 숨기고 있는
그자는 어디 있는가?
고달픈 도피 생활에 지치고 외로운
범법자는 아폴로 신전을 피하는구나.
그러나 언제까지나 계속되는 신의 위협은
그의 머리 주변을 떠나지 않도다.

송가 2

기이하고 곤혹스럽구나, 현명한 예언자의

---

* 아폴로.
** 그리스 중부의 산으로 아폴로의 영지(靈地).

말이여. 도대체 그 무슨 의미란 말인가?

내가 믿든 믿지 않든,

무슨 말을 해야 할지 모르겠구나.

여기저기를 봐도, 아무 일도 없도다.

어떤 투쟁도, 현재는 물론 과거에도,

테베와 코린트의 왕들 사이에서 없었으니.

미지의 손이 왕을 쓰러뜨렸도다.

누가 가격을 가한 장본인인지,

모든 이가 숭배하는 그가 바로 죄인임을

안다 해도, 어떻게 이 사실을

아무 증거도 없이 믿을 수 있단 말인가?

답송 2

제우스, 아폴로, 그들은 알고

이해하는구나, 삶을 살아가는 방식을.

예언자들은 나와 같은 인간인데,

나에게 드러난 사실 그 이상을 이해하는구나.

한 사람은 현명하고 다른 한 사람은 어리석은 자라 해도,

그 사실에 대한 확실한 증거는 어디에도 없도다.

죄가 명백해질 때까지

그를 고발한 자들을 믿지 않으리라.

나는 스핑크스가 그를 어떻게 시험했는지 직접 보았도다.

그는 자신의 지혜를 증명하고, 우리 도시를 구했도다.

그러니 지금 내가 어찌 그를 비난할 수 있단 말인가?

(크레온 등장)

크레온   경들, 오이디푸스 왕께서

나를 비난했다 하니 견디기가 어렵소.

왕께서 현재의 난국을 내 탓으로 여긴다거나,

그를 해하는 짓을 내가 한 가지라도 했다고 말씀하셨다면,

날 죽게 그냥 두고, 그깟 명성도 하찮으니

내 수명을 늘리지 마시오.

그대들과 내 친구들과 도시 전체가

나를 반역자라 부른다면, 그런 힐난은

내 전 인생에 영향을 끼치는

상처를 남기기 때문이오.

코러스   불같은 성격 탓이지, 냉철한 판단에서 비롯된

비난은 아니었다고 짐작됩니다.

크레온   무엇 때문에 내가 그 예언가를 매수하여 왕께 거짓을

고하게 했다고 믿으신단 말이오?

코러스   모두 왕께서 한 말씀입니다. 왜 그러셨는지는 모르겠소.

크레온   왕께서 그렇게 날 비난할 때, 정말 제정신이셨소?

코러스   왕들의 일을 늘 자세히 살피는 건 아니랍니다.

헌데 여기 왕께서 몸소 궁에서 오십니다.

(오이디푸스 등장)

오이디푸스 아니, 너는? 감히 여기가 어디라고 나타났느냐? 어찌
　　　감히

내 왕궁 앞에 모습을 드러냈느냐? 내 생명을 노리고

내 왕관을 빼앗으려 했다는 사실이 다 드러났는데 말이다.

아니, 그러면 날 겁쟁이나 바보로 여기는 것이냐?

이런 음모를 꾸며도 될 정도로?

아니면 네가 무슨 수작을 하고 있는지 짐작도 못하고

저항 한 번 안 하고 순순히 항복할 거라 생각했느냐?

돈도 도움도 없이 왕위를 찬탈하려 할 정도로

네놈이 미쳤던 게로구나.

친구나 돈이란 강력한 지원 없이는

이곳을 함락하지 못하는 법이다!

크레온 간곡히 청합니다. 이제 하신 말씀에 대한 제 대답을

들으시고, 그런 다음 왕께서 직접 판단해보십시오.

오이디푸스 말솜씨가 좋구나! 하나 난 남의 말, 특히 자네의 말을

귀담아듣는 솜씨가 좋지 않아.

자네가 날 얼마나 증오하는지 알게 되었으니 말이다.

크레온 우선 한 가지만 제 말씀을 들어보십시오.

오이디푸스 한 가지는 명심하라. 네 짓이 아니라는 변명 따위는

입 밖에 내지 마라.

크레온 무분별한 고집을 미덕으로 여기신다면,

잘못 생각하시는 겁니다.

오이디푸스 친족을 해하고도 죗값을 치르지 않을 거라 여긴다면, 잘못된 생각이고말고.

크레온 이 일로 언쟁은 하지 않겠습니다. 하지만 제가 왕께 어떤 해를 끼쳤는지 설명해주십시오.

오이디푸스 네가 사람을 보내 가장 존경받는 예언자를 불러오라고 권했느냐, 안 했느냐?

크레온 했습니다. 그 권고라면 지금도 마찬가지입니다.

오이디푸스 라이오스 왕이…… 이후 얼마나 지났느냐?

크레온 라이오스 왕이 뭘 했던 이후 말입니까? 무슨 말씀을 드려야 할지 모르겠습니다.

오이디푸스 사라진 게 아니라, 변사했다고 하지 않았느냐?

크레온 이제 여러 해가 지난 일입니다.

오이디푸스 이 예언자 놈이 이미 제 재주로 정평이 나 있었느냐?

크레온 그렇습니다. 지금처럼 명성이 자자했습니다.

오이디푸스 그자가 당시 나에 대해 어떤 말을 했느냐?

크레온 제가 들리는 곳에서는 왕에 대한 말을 한 적이 없습니다.

오이디푸스 살인에 관한 일은 전혀 알아보지 않았느냐?

크레온 알아보지 않았느냐고요? 물론 했습니다. 하지만 아무것도 알아내지 못했습니다.

오이디푸스 그런데 왜 그 현명하다는 예언자가 당시에는 아무 얘기도 하지 않았느냐?

크레온 누가 알겠습니까? 아는 바가 없으니 드릴 말씀이 없습니다.

오이디푸스 그만큼은 아는 것 아니냐. 그러니 묻는 말에 대답을
잘해야 할 것이다.

크레온 그게 뭡니까? 아는 사실을 있는 대로 말씀드리겠습니다.

오이디푸스 그 작자가 너와 한패가 아니라면, 내가
라이오스 왕을 죽인 살인자라는 말은 하지 않았을 것이다.

크레온 그자가 그렇게 말했다 해도, 전 모르는 일이옵니다.
하지만 왕께서 제게 물으신 것처럼, 제가 여쭤도 되겠습니
까?

오이디푸스 묻고 싶은 대로 묻거라. 그래도 내가 선왕을 죽였다는
걸 증명하지는 못할 것이다.

크레온 그럼 여쭙겠습니다. 제 누이와 결혼하지 않으셨습니까?

오이디푸스 결혼했지. 그건 부정할 도리가 없는 일이지.

크레온 테베의 통치권을 누이와 나누신 거로군요?

오이디푸스 왕비의 요청이었고, 왕비의 권한도 있네.

크레온 그럼 제가 왕과 같은 편이 아닙니까?

오이디푸스 같은 편이다. 그러니 적이 아니라, 반역자이니라!

크레온 그렇지 않습니다. 저처럼 이성적으로 생각해보십시오.
우선, 그런 자가 누구인지 생각해보십시오.
권한도 늘지 않은 왕위를 차지하려고
두려움 속에 수많은 밤을 뜬눈으로 지새운 자 말입니다.
전 아닙니다. 제 바람은,
모든 사람의 바람은, 지혜를 지닌 자라면,
왕족의 실세이지 허세가 되는 일은 아닙니다.

당분간은 왕 덕분에 제가 권력과 안위를 누리는 셈이지요.

하지만 오히려 왕이 된다면, 근심 걱정에 짓눌릴 것입니다.

왕이 아니어도, 제게 충분한 권력도 있고, 평화롭게

군림하고 있는데, 왜 제가 왕관을 넘보겠습니까?

저는 그 모든 명예와 혜택을 버리고 다른 길을 택할 인물이
   아닙니다.

지금, 모든 이들이 절 반기고, 저 역시 그들을 반깁니다.

당신을 필요로 했던 사람들이 절 중요하게 여기는 건

제가 그들의 운명을 좌우하기 때문이죠. 이걸 포기하고

다른 짐을 스스로 짊어져야 할 이유가 제게 있을까요?

분별 있는 사람은 절대 반역자가 되지 못합니다.

전 그런 일엔 관심도 없고, 다른 사람의 반역을

보좌할 생각도 없습니다.

하지만 절 시험해보셔도 좋습니다.

델피에 가서서 제가 들은 대로

제대로 보고했는지 물어보십시오.

또한, 제가 그 예언자와 내통한 사실이 드러난다면,

절 잡아 죽여도 좋습니다.

왕의 의견만이 아닌, 제 의견도 존중하셔야지, 아무도 동조
   하지 않는

근거 없는 혐의만으론 저를 죽일 수 없습니다.

멋대로 판단하셔서 거짓된 자를 옳다 하시고,

참된 자를 거짓되다 하시니, 이건 아닙니다!

충직한 친구를 물리치는 건

우리가 고수해온 삶을 파괴하는 행위에 지나지 않습니다.

때가 되면 깨닫게 되실 겁니다.

시간만이 누가 충신인지 밝힐 것입니다.

반역자들의 가면을 벗기는 데는 단 하루면 충분하니까요.

코러스 왕이시여, 중대한 실수를 하지 않으려고 신중을 기해

말씀드리는 모습입니다.

역시 성급한 판단은 믿을 바가 못 되옵니다.

오이디푸스 하지만 적이 발 빠르게 음모를 꾀하고 공격하면,

나 역시 발 빠르게 답해야 하느니라.

지체하고, 기다리다, 그가 목적을 이루면,

내가 패하는 셈이지.

크레온 무엇을 원하십니까? 절 추방하시겠다는 겁니까?

오이디푸스 아니. 추방으론 안 되지. 네놈의 목숨을 빼앗겠다.

크레온 괴물처럼 타오르는 왕의 분노가 언제나 끝날 것인가?

오이디푸스 시기하면 어떻게 되는지 네놈이 본보기를 보이면.

크레온 본인 생각만 그렇게 옳습니까? 절 믿지 못하시겠습니까?

오이디푸스 날 바보로 보는구나!

크레온 당신이 틀렸다는 걸 알기 때문입니다.

오이디푸스 나 자신에게는 옳은 일이다!

크레온 저한테는 부당한 일이지 않습니까!

오이디푸스 반역자니까.

크레온 왕께서 말씀하시는 죄가 거짓이라면 어찌하시겠습니까?

오이디푸스 나라를 다스려야 하지 않겠느냐.

크레온 폭정을 하라고 한 것은 아니잖습니까!

오이디푸스 저자가 하는 말을 들어라, 테베의 백성들이여!

크레온 왕이 테베는 아니오! 나 역시 테베의 백성이오.

코러스 주군들이여, 그만두십시오! 마침 왕비께서 오셨습니다.

　　　　왕비의 도움으로 두 분을 갈라놓은

　　　　쓰디쓴 갈등을 보듬어보십시오.

(이오카스타 등장)

이오카스타 정신 나간 사람들! 무슨 일로 이렇게 심하게 싸우는

　　　　거죠? 다들 역병에 시달리고 있는데

　　　　사사로이 언쟁하는 게 부끄럽지도 않나요?

　　　　크레온, 집으로 돌아가거라. 부탁이다.

　　　　당신, 오이디푸스, 들어가세요. 아무것도 아닌 일로 난리 치

　　　　지 말고요.

크레온 누님. 여기 있는 매형, 오이디푸스가

　　　　절 처벌하는 게 옳다고 합니다.

　　　　가장 끔찍한 형벌 가운데 하나, 추방이나 죽음으로.

오이디푸스 그렇소. 내가 유죄 판결을 내렸소, 이오카스타.

　　　　내 목숨을 노린 음모를 꾀한 죄로 말이오.

크레온 그런 죄를 손톱만큼이라도 저질렀다면,

　　　　저주를 받아 죽을 것입니다.

이오카스타　아, 신에 맹세코, 크레온을 믿으세요. 오이디푸스!

　　　그의 맹세를 믿고, 저와 시민들을 좀 신경 쓰세요.

〔697행까지 코러스 부분은 노래, 나머지는 대사로 보임〕

송가

코러스　왕이시여, 바라건대, 저희 말을 따르소서.

　　　저희 부탁을 들으시고 깊이 생각하소서.

오이디푸스　나보고 굴복하라 하는 것이냐?

코러스　수년간 그래 왔고 지금도 굳은 맹세를 했으니 굽어살피

　　　소서.

오이디푸스　원하는 바가 있느냐?

코러스　있습니다.

오이디푸스　그렇다면 말해봐라.

코러스　엄중하게 선포된 저주를 경멸하는 친구를

　　　불분명한 이유를 내세워 물리치거나 내쫓지 마십시오.

오이디푸스　명심해라. 네 소원이 테베에서 날 추방하거나

　　　나의 죽음을 의미한다는 것을.

코러스　아닙니다. 그게 아닙니다! 최고의 신인 태양신께 맹세합

　　　니다.

　　　제가 그 같은 생각을 품었다면 파멸과 황폐와

　　　모든 불행이 제게 떨어질 것이옵니다!

　　　아닙니다. 이 땅에 역병이 창궐하여 상심이 커서 그렇습니다.

제발 지난 상처가 아물기도 전에 테베 백성에게 또 다른 상
처를 가하지는 마십시오!

오이디푸스 그렇다면 그를 풀어줘라. 내가 한 번이 아니라 두 번
을 죽어야 하고,

아니 치욕을 당하고, 채이고 쫓겨나는 한이 있어도 말이다.

저놈이 아니라 자네의 간청에 마음을 바꾸었다만,

그에 대한 나의 증오는 영원할 것이다.

크레온 참으로 잔인하십니다. 허나 분노가 가라앉으면,

양심에 뜨끔할 것이옵니다! 그대 같은 성격은

화를 자초한다는 걸 알아두십시오.

오이디푸스 아, 그렇다고 하자! 내 눈앞에서 끌고 가라.

크레온 가겠습니다.

오해로 빚어진 일이기는 하나, (코러스를 가리키며) 이 일로 저
에 대한 평판은 더 좋아질 것입니다.

(크레온 퇴장)

답송

코러스 왕비님, 왜 이리 늦으셨나요?

왕을 안으로 모시지요.

이오카스타 무슨 일이 있었는지 말해보시오.

코러스 의혹이 생긴 탓이옵니다. 쓸데없이 내키는 대로
한 말을 들으면 사람이란 분개하기 마련이지요.

이오카스타　두 사람 모두 화를 냈는가?

코러스　그렇습니다.

이오카스타　그래 무슨 말이 오갔소?

코러스　제가 보기엔 그만해도 되는, 지나친 말들이었습니다.
지금 겪고 있는 불행한 일들을 생각하면 이 일은
그냥 내버려두는 게 좋을 것입니다.

오이디푸스　그대와 그대의 충고에 분노가 누그러지면서도, 날
좌절케 하는구나.
그래서 결국 이 지경이 되지 않았느냐!

코러스　오, 왕이시여, 다시, 다시 말씀드리지요.
제가 미쳐, 완전히 제정신이 아니었나봅니다.
지금도 어리석은데, 당신을 쫓아내려 한다면,
저야말로 더더욱 어리석은 자입니다.
침몰 지경의 테베를 당신이 폭풍 속을 뚫고 무사히 구해냈
습니다.
이제 다시 우리를 살려주시기를 당신께 간절히 원하옵니다.

이오카스타　왕이시여, 도대체 무슨 일로 불같이 노하셨는지 저도
알아야겠습니다.

오이디푸스　달리 의견을 구할 사람이 없으니, 말해주겠소.
크레온이 날 배반하는 더러운 음모를 꾸몄소.

이오카스타　무슨 짓을 했기에 그렇게 격분하신 겁니까?

오이디푸스　내가 라이오스 왕을 죽인 자라고 합디다.

이오카스타　크레온이 직접 알아낸 사실입니까? 아니면 누가 그에

게 귀띔이라도 한 건가요?

오이디푸스　아니, 그런 의심을 자초할 리가 있겠나. 교활한
　　예언자라는 놈을 꼭두각시로 내세웠소.

이오카스타　아니, 그자라면 전혀 두려워하실 필요가 없어요.
　　그 예언자의 점괘가 우리 운명과 상관없다는 걸
　　제 말씀을 들어보시면 아실 거예요.
　　당장 증거를 보여드리죠. 예전에 라이오스 왕에게
　　신탁이 내렸는데, 신이 직접 내리신 것이라기보다는
　　그의 시중을 드는 제관들이 내린 것이었죠.
　　라이오스가 나를 통해 아들을 얻고,
　　그 아들이 제 아비의 목숨을 빼앗을 운명이라는 거였어요.
　　하지만 라이오스는 살해당했거나, 소문에 의하면 외지인들,
　　도적들에게 세 갈래 길이 만나는 곳에서 살해당했다고 합
　　　니다.
　　그 아이는, 세 살도 되지 않아 라이오스에게
　　양발이 묶여 벼랑 아래로 던져졌답니다.
　　그러니 아폴로가 패한 셈이었죠.
　　그의 아들이 라이오스를 죽이지도 않았고,
　　라이오스가 그렇게 두려워했던 제 아들에게
　　죽임을 당하는 끔찍한 종말을 맞지도 않았으니 말이에요.
　　예언자의 목소리가 읊조리는 말들이 상당 부분 그런 거예요.
　　그러니 그런 말에 신경 쓰지 마세요. 신께서
　　하시는 일이라면 저절로 밝혀질 테니까요.

오이디푸스 이오카스타, 당신이 언급한 말 한마디가

　　　　날 공포로 몰아넣고 내 영혼을 뒤흔드는구려.

이오카스타 어째서 그렇죠? 제가 드린 어떤 말씀이 두려우신 거죠?

오이디푸스 라이오스 왕이 세 갈래 길이 만나는 곳에서

　　　　살해당했다고 하지 않았소?

이오카스타 그렇다고들 합니다. 사실 지금도 그렇게들 말해요.

오이디푸스 그렇게 길이 만나는 장소가 어디오?

이오카스타 포기스라는 시골인데, 델피에서 나온 길과

　　　　다울리아에서 나온 길이 만나는 곳이에요.

오이디푸스 그 사건이 일어나고 몇 년이나 흘렀소?

이오카스타 시에서 당신께 왕관을 씌워드리기 직전에

　　　　테베에 그 소식이 전해졌죠.

오이디푸스 아, 제우스 신이시여, 제게 어떤 운명을 지우신 겁니까?

이오카스타 무엇 때문에 그렇게 두려워하시는 거죠?

오이디푸스 잠깐. 라이오스 왕에 대해 말해주시오.

　　　　나이가 어떻게 되었지? 어떤 모습이었소?

이오카스타 키가 크고, 흰 머리가 나기 시작했죠.

　　　　외모로 보면 당신과 다르지 않았어요.

오이디푸스 아, 이럴 수가! 그렇다면 내가 아무것도 모르면서

　　　　나 자신에게 잔혹한 저주를 퍼부은 꼴이 된 거란 말인가?

이오카스타 무슨 말씀을 하시는 거예요? 너무 무섭게 굴지 마세요!

오이디푸스 그 예언자가 앞을 못 보았던 게 차라리 다행이구나.

　　　　하지만 아직 한 가지 의문이 남아 있으니, 물어보면 알게 되

겠지.

이오카스타 너무나 두렵지만 가능한 뭐든 말씀드릴게요.

오이디푸스 라이오스 왕이 혼자였소, 아니면 무장한

왕실 친위병과 함께 있었소?

이오카스타 같이 있던 사람은 모두 다섯이었어요.

라이오스 왕은 마차를 탔고, 전령 한 명이 있었어요.

오이디푸스 아, 이럴 수가! 그 장면이 생생히 떠오르는구나……!

그런데 누가,

이오카스타, 이 소식을 테베에 전한 자가 누구지?

이오카스타 노예였는데, 그자만이 죽지 않았어요.

오이디푸스 그 노예가 지금도 왕궁 주변에 있는가?

이오카스타 아뇨, 없어요. 돌아와서 당신이 죽은 선왕의 대를

이은 것을 알고는 무릎을 꿇고 간청하더군요.

산에 가서 목동으로 살게 보내 달라고요.

아무도 보지 못하게

가능하면 이 도시에서 멀리 떨어지게요.

그래서 제가 내보냈어요. 왕실 노예였으니까요.

그만한 보상을, 아니 훨씬 더 큰 보상도 받을 만했어요.

오이디푸스 그 노예를 다시 부를 수 있겠소? 당장 만나보게?

이오카스타 그럼요. 그런데 왜 만나시려는 거죠?

오이디푸스 이미 말하지 않았나 싶소, 이오카스타.

그것도 너무 많이. 그러니 그를 만나봐야겠소.

이오카스타 그럼 부르도록 하지요. 하지만 당신의 아내로서

당신께 묻겠어요.

당신을 사로잡은 공포의 정체가 뭐죠?

오이디푸스 두려움이 걷잡을 수 없이 커졌으니,

당신도 곧 알게 될 것이오. 당장 그자를 만나

당신보다는 나와 관련된 자에 관해 물어봐야겠소.

그러니까, 내 아버지는 코린트의 폴리보스,

어머니는 메로페셨소.

그곳에서 누구보다 높은 지위를 누리고 계셨지.

참으로 기이한 일이 일어나기 전까지는 말이오.

하지만 신경 쓸 정도의 일은 아니었지.

연회에 참석했던 한 사내가 술에 거나하게 취해 하는 말이

내가 아버지의 친아들이 아니라더군.

부아가 치밀었지만, 그날은 간신히 견디고

이튿날 부모님께 사실 여부를 여쭤봤소.

부모님께서는 그런 모욕적인 말을 입에 담은 자에게 격노하

　시며

사실이 아니라고 날 안심시키셨소.

그러나 소문이 퍼져나가 끊임없이 내 성미를 돋우었지.

그래서 아무도 모르게, 어머니와 아버지 몰래

델피로 갔던 것이오. 포이보스는 내가 하는 물음에

어떤 답변도 하지 않으려 했지만,

지독히도 끔찍한 사실 하나만은 알려주었소.

내가 친어머니와 결혼해서,

사람들이 바라만 봐도 몸서리치게 될 자식을 낳고,
내 친아버지를 죽일 것이라는 예언을 한 것이오.
그래서 다시는 코린트로 돌아가지 않았던 거요.
하늘에 뜬 별들만 봐도
코린트가 있는 곳을 알 수 있었지만.
그런 잔혹한 신탁이 이루어지지 않도록 말이오.
그렇게 이곳저곳 여행을 하다, 당신 말처럼
라이오스 왕이 살해된 장소에 당도하게 되었소.
자, 이오카스타, 내가 하는 이 말은 진실이오.
내가 세 갈래 길이 만나는 곳에 당도하자,
전령 한 명과 당신이 말한 대로 수망아지가 이끄는
마차를 탄 노인을 만났소.
전령과 노인네가 완력으로 나를
길에서 밀쳐내려 하기에, 화가 치밉디다.
그래서 날 밀쳐내려던 마부에게 덤볐지.
우리가 엎치락뒤치락 싸우는 걸 본 노인이
뾰족한 끝이 두 개 달린 막대기를
내 머리를 향해 죽일 듯이 휘두르더군.
그러고는 제대로 당했지.
내가 지팡이를 휘둘러 내려쳤더니
마차 밖으로 굴러떨어져 나자빠지더군.
결국, 둘 다 내가 죽여버렸소.
그러나 만약 이 낯선 자와 라이오스 왕이

어떤 인척 관계라도 된다면,

나보다 더 절망스러울 사람이 있겠소?

하늘에서 보면 누가 더 저주받은 사람 같겠소?

시민도 외지인도 나를 제 집 안으로 맞아들이고

말을 걸기는커녕 문을 걸어 잠그겠지. 이런 저주를

내 머리 위에 퍼부은 자가 바로 나 아니겠소!

내가 내 손으로 죽인 자의 침대를 더럽히다니!

말해보시오, 내가 사악한 인간이오?

내가 그렇게도 부도덕한 인간이오?

떠나야 한다는 사실을 깨닫고 유랑 길에 올라선 후로는

부모님을 뵈러 가거나, 내 고향 땅에 발 한 번

들여놓지 못했소. 고향으로 돌아간다면,

날 낳은 친어머니와 결혼하고,

내 아버지 폴리보스를 죽여야 하니까.

날 낳고 기르신 부모님을 말이오.

나에게 이런 저주를 내린 신을 누가 잔인하다고 한다면,

올바른 소리를 한 것 아니겠소?

아니, 아니오. 그대 하늘의 신들이여! 그런 저를

제 눈으로 보지 않게 하소서!

차라리 사람들을 보지 못하게 하소서!

그런 더러운 치욕이 절 덮치기 전에!

코러스 왕이시여, 두렵사옵니다. 허나 희망을 버리지 마십시오.

사건을 목격한 노예의 얘기를 아직 듣지 못했나이다.

오이디푸스　내게 남겨진 희망은 그뿐이로구나.

　　목동이 오기를 기다려야겠다.

이오카스타　목동에게 어떤 기대를 하시는 거죠?

오이디푸스　말해주리다. 그자가 하는 얘기가

　　당신이 한 얘기와 일치한다면, 난 죄가 없소.

이오카스타　하지만 제가 어떤 특별한 얘기를 했나요?

오이디푸스　목동이 보고하길 도적들이

　　선왕을 살해했다고 하지 않았소.

　　목동이 '사내들'이라고 계속 말한다면,

　　그건 내가 아니오. 혼자인 사내와 사내들은 다르거든.

　　그러나 만약 목동이 홀로 여행하던 사내라고 한다면,

　　그렇다면 죄를 지은 벌이 내게 떨어질 것이오.

이오카스타　아니, 목동이 바로 그렇게 말했어요. 정말이에요!

　　자신이 한 말을 다시 뒤집지는 못할 거예요!

　　저 혼자가 아니라, 도시 전체가 그렇게 들었어요!

　　목동이 자신이 한 말을 뒤집더라도,

　　아니 그렇지 않아도, 폐하,

　　그는 예언에 따라 왕이 죽임을 당했다고 밝힐 것입니다.

　　라이오스의 아들이자 제 아들이 라이오스를 죽이는 일은 정

　　　해진 일이었으니까요. 라이오스는 가엾게도

　　스스로 죽은 거예요. 그러니 자기 아버지를 죽이는 일도 없

　　　게 된 거죠.

　　따라서 전 신탁이니 예언이니 하는 일은

조금도 개의치 않겠어요.

오이디푸스   현명한 말이군. 그러나 사람을 보내

목동을 데려오시오. 그냥 지나가진 않겠소.

이오카스타   당장 사람을 보내겠어요. 그러나 같이 가요.

언짢게 해드릴 만한 일은 하지 않겠어요.

(오이디푸스와 이오카스타 퇴장)

송가 1

코러스   (노래한다) 성스런 말과 행동을 숭배하며

살아가게 해주소서.

천상에 자리한 율법이 있으니

하늘은 법을 제정했고

올림포스는 법의 아버지시니

필멸의 인간은 법의 탄생과 무관하구나.

법의 권한은 무감각한 망각 속에서

절대 사라지지 않으리라.

신은 법에 따라 움직이며, 결코 나이를 먹지 않는구나.

답송 1

오만은 폭군을 낳도다. 부와 권력에 대한 오만이

극에 달해 지혜와 자제력도 힘을 잃는구나.

오만이 정점으로 치닫고 나면,

인간은 파멸의 나락으로 떨어지네.

도망갈 곳도, 의지할 구석도 없도다.

그러나 신이시여

이 도시의 안녕을 위한 마음을

맘껏 펼치소서.

신이시여 저의 방패막이 되어주소서!

송가 2

말이나 행동이 오만하고,

정의를 두려워하지 않으며

신성한 사원을 경배하지 않는 자가 있다면,

끔찍한 파멸을 맛보게 하소서!

불운이 감도는 오만에 대한 응분의 죗값을 치르리라.

치욕스런 이득을 꾀하고

신성한 것을 더러운 손으로 물들이고

불경을 피하지 않는 자들이 있다면,

그중에서 과연 누가 신의 분노를 피할 수 있겠는가?

그런 행동이 명예롭다면,

나도 춤을 추어 신을 경배해야 하지 않겠는가?

답송 2

이제 아폴로 신전은

내 숭배를 받는 이 세상의 성스런 중심이 아니도다.

신의 예언이 이루어지지 않는다면,

세상의 중심은 아바에*에 있는 아폴로 신전도,

올림포스의 제우스 신전도 아니다.

전지전능한 제우스여, 내가 그대에게 고하노니,

위대한 만물의 통치자여, 이걸 보십시오!

이제 그대의 신탁이 치욕을 당하고,

인간들이 아폴로의 힘을 부인합니다.

신에 대한 숭배가 사라지고 있습니다.

(이오카스타, 화환과 유황을 든 시녀를 대동하고 등장)

이오카스타　테베의 신들이시여, 신들의 제단에

화환을 놓고, 유황을 피울 생각입니다.

온갖 두려움이 오이디푸스를 사로잡아

판단력을 흐리게 만들었습니다.

지난 과거에 빗대어 미래를 판단하지 않으려 하나,

두려움을 입에 올리는 자에게는 현혹되고 있습니다.

제가 어떤 말을 해도 소용이 없으니,

가장 가까이 계신 그대, 아폴로 신께

이 봉헌물로 간청하나이다.

우리에게 구원과 평화를 베풀어주소서.

---

* 아폴로 신전이 있던 고대 그리스 도시.

두려움이 사방에 퍼져 있고,

배의 조타수인 오이디푸스가

두려움에 떨고 있나이다.

(이오카스타가 화환을 제단에 놓고 유황을 태우자 경건한 적막감이 감돈다)

(코린트에서 온 양치기 등장)

코린트 양치기　오이디푸스 왕이 계신 왕궁이 어디 있는지

　　여쭤도 되겠습니까?

　　아니, 괜찮으시다면 왕이 어디 계신지요?

코러스　여기가 왕궁이오. 왕도 안에 계시오.

　　하지만 여기 왕의 부인이자 왕손들의 어머니가 계시오.

코린트 양치기　위대한 분과 결혼하신 왕비님과

　　왕비님의 자손들이 늘 행복하시길 바라옵니다.

이오카스타　그대도 행복하길 바라오. 그렇게 말해주니 고맙구나.

　　자, 노인장, 여기 온 까닭이 무엇이오?

　　어떤 부탁으로, 어떤 소식을 가져왔는가?

코린트 양치기　왕비님의 남편과 왕궁에서 반가워할 소식입니다.

이오카스타　무슨 소식이냐? 누가 그댈 이곳에 보낸 것이오?

코린트 양치기　소인은 코린트 사람으로 희비가 교차하는 소식을

　　가져왔나이다.

이오카스타　그래, 그렇게 겹치는 소식이 무엇이오?

코린트 양치기　코린트 사람들이 오이디푸스 왕께

자신들의 왕이 되어달라고 청할 것이라 합니다.

이오카스타 뭐라고? 고령의 폴리보스가 왕으로 계시지 않느냐?

코린트 양치기 이제는 아닙니다. 돌아가셨습니다.

이오카스타 여봐라, 빨리 가서 왕께 이 소식을 전하라.

신탁은 어떻게 된 것이냐? 오이디푸스가 자신의 손으로

죽일까 두려워 그렇게 오랫동안 피하던 자가

폴리보스 아니었더냐. 이제야 그가 죽었구나,

오이디푸스의 손이 아닌 운명의 손에.

(오이디푸스 등장)

오이디푸스 사랑하는 이오카스타, 말해주오, 사랑하는 아내여,

왜 사람을 보내 궁에서 날 부른 것이오?

이오카스타 저자의 말을 들어보세요. 들어보시면,

그 모든 신탁이 어떻게 되었는지 아시게 될 거예요.

오이디푸스 이자가 누구요? 이자가 하는 말을 들어보라고?

이오카스타 코린트에서 온 사람이에요. 당신 아버님에

관한 소식을 가져왔어요. 폴리보스 왕이 돌아가셨답니다.

오이디푸스 자네가 그렇게 말했는가? 직접 말해보게.

코린트 양치기 그 소식을 제게 직접 듣고 싶으시다면,

말씀드리겠습니다. 폴리보스 왕께서 돌아가셨습니다.

오이디푸스 역모로? 아니면 병환으로?

코린트 양치기 사소한 불운으로 쓰러지셨습니다.

오이디푸스 불쌍한 아버지! 그렇다면 병환으로 돌아가셨는가?

코린트 양치기 오랫동안 고생하신 걸로 따지면 그렇습니다.

오이디푸스 아, 내 탓이로다! 이오카스타,

그러면 아폴로의 신탁은 어떻게 된 것이오.

비명을 지르던 새들이나 내가 내 친아버지를 죽일 거라

했던 신탁은? 그런데 아버지가 돌아가셨다니.

땅에 묻히셨다니. 난 여기 이렇게 있는데,

검은 빼지도 않았는데. 내가 사라져서 아버지를

죽였다면 몰라도 말이오. 그랬다면

날 아버지의 살인자로 부를지도 모르지.

그러나 내 아버지에 관한 신탁으론

내가 그를 직접 무덤으로 끌고 가는데, 그것과는 다르지 않소.

이오카스타 제가 오랫동안 그렇게 말씀드리지 않았습니까?

오이디푸스 그렇소. 두려움에 내가 제정신이 아니었소.

이오카스타 그러니 이런 일은 다시 생각할 필요도 없어요.

오이디푸스 그러나 친어머니와의 동침을 어찌 두려워하지 않을

수 있단 말이오?

이오카스타 인간의 삶이란 운에 좌우되고, 미리 고민한다고 해

결되는 것도 아닌데,

왜 우리가 두려워해야 하는 거죠?

그럴 필요 없어요. 내키는 대로, 최선을 다해 살면 되죠.

당신 어머니와의 결혼을 두려워하지 마세요.

수많은 남자가 전에도 이런 고통을 겪어왔잖아요.

꿈에서나 가능한 일일 뿐이지만요.

이런 일에 대한 생각을 떨쳐낼수록 그만큼 편히 살 수 있어
요.

오이디푸스　하나하나 옳은 말이구려. 날 낳은 분께서

살아계시지 않는 한 말이오. 하지만 살아계신다면,

당신이 아무리 현명한 말을 한다 한들, 내가 두렵지 않겠소?

이오카스타　하지만 당신 아버지의 죽음은 다행스러운 일이잖아요.

오이디푸스　매우 다행스러운 일이지. 하지만 어머니가 살아계시
는 한 두려움은 여전하오.

코린트 양치기　누굴 그렇게 두려워하십니까?

오이디푸스　나의 아버지 폴리보스의 아내 메로페시오.

코린트 양치기　그분의 어떤 점이 그리 두려우신지요?

오이디푸스　신들이 내린 끔찍한 경고가 있었다.

코린트 양치기　말씀해주실 수 있나요. 아니면 비밀입니까?

오이디푸스　다들 아는 사실이다. 아폴로께서 내가 친어머니와 동
침하여,

내 손으로 내 아버지의 피를 더럽히게 될 운명이라고 하셨다.

그래서 그동안 코린트를 내 고향으로

여기지 않았던 것이니라.

그래서 그간 내 운도 나쁘지 않았고.

하지만 부모님의 얼굴을 뵙는 일은 반가운 일이지.

코린트 양치기　그런 일이 두려워 코린트에서 달아나신 겁니까?

오이디푸스　그렇다. 그리고 내 아버지의 피를 흘리게 될까봐.

코린트 양치기 왕이시여, 그렇다면 친분으로 이곳에 온 이상

    제가 지금 이 자리에서 그런 우려를 없애 드리겠습니다.

오이디푸스 그리하면 보상을 받을 것이니라.

코린트 양치기 제가 이곳에 온 커다란 이유는 왕께서 고향으로 귀
    환하시면

    제게 어떤 득이 생길 수도 있어서이옵니다.

오이디푸스 내 부모님께는 절대 돌아가지 않을 것이다.

코린트 양치기 분명한 사실은 왕께서 모르고 계시다는…….

오이디푸스 모른다고? 뭘 말이야? 무슨 말인지 고하라.

코린트 양치기 그런 이유로 고향을 피하신다면.

오이디푸스 아폴로의 신탁이 이뤄질까 두렵기 때문이다.

코린트 양치기 그래서 왕께서 부모님을 더럽히셨습니까?

오이디푸스 그런 생각 때문에 내가 두려움 속에 살지 않느냐.

코린트 양치기 그렇다면 그런 두려움은 쓸데없는 것입니다.

오이디푸스 어떻게 그런가? 내가 그들의 자식이 아니고, 그들이
    내 부모님이 아니더냐?

코린트 양치기 왕께서는 폴리보스 왕과 전혀 상관없는 사람입니다.

오이디푸스 어떻게 그런 말을 하느냐? 폴리보스가 내 아버지 아니
    셨더냐?

코린트 양치기 폴리보스 왕이 아버지라면 저도 폐하의 아버지입니
    다!

오이디푸스 낯선 자가 아버지라고? 어떻게?

코린트 양치기 저도 폴리보스 왕도 폐하를 낳지는 않았습니다.

오이디푸스 그렇다면 무슨 이유로 그가 날 아들로 삼았느냐?

코린트 양치기 폐하를 선물로 받았습니다. 제 손으로 넘겨드렸지요.

오이디푸스 그리고 사랑을 베푸셨다? 제 자식도 아닌 나에게?

코린트 양치기 그렇습니다. 폴리보스 왕께는 친자식이 없었습니다.

오이디푸스 자네가 날 선물로 드렸다면, 날 샀느냐 아니면 찾았느
냐?

코린트 양치기 키타이론 숲에서 발견했습니다.

오이디푸스 내가 왜 그곳을 돌아다니고 있었더냐?

코린트 양치기 산에서 양 떼를 키우고 있었습니다.

오이디푸스 내가 그렇다면 돈을 받고 양 떼를 치는 목동이었다?

코린트 양치기 그렇습니다. 나의 아들이여. 헌데 그날은, 폐하를
돌보았지요.

오이디푸스 어떻게 말인가? 발견했을 때 내가 아프기라도 했느냐?

코린트 양치기 그 점이라면, 폐하의 발목을 보면 알 것입니다.

오이디푸스 맙소사! 발목은 내 평생 골칫거리 아닌가?

코린트 양치기 발목을 묶은 족쇄를 제가 풀어드렸지요.

오이디푸스 태어나면서 얻은 어여쁜 선물이었군!

코린트 양치기 발이 부어 있어서 사람들이 오이디푸스라 불렀지요.

오이디푸스 그렇다면 내 친아버지와 친어머니는 누구셨소? 말해
주시오.

코린트 양치기 모릅니다. 하지만 그자는, 저한테 당신을 넘겼던 그
자는 알 것입니다.

오이디푸스 자네 말고 날 발견한 자가 또 있더냐?

코린트 양치기 그렇습니다. 다른 목동이 발견해서 저한테 넘긴 자입니다.

오이디푸스 누구냐? 그자를 아느냐? 그자의 이름을 아느냐?

코린트 양치기 라이오스의 사람이라고 하더군요.

오이디푸스 뭐라고? 이곳 테베의 선왕 말이냐?

코린트 양치기 그렇습니다. 라이오스 왕 밑에서 일하던 목동이었습니다.

오이디푸스 아직 살아 있어서, 내가 만나볼 수 있겠느냐?

코린트 양치기 (코러스 쪽으로 돌아서며)

이곳이 고향인 분들이 가장 잘 알 것입니다.

오이디푸스 지금 이곳에 있는 그대들 가운데 누구라도

그 목동을 알고 있어서 그자에 대해 말할 사람이 있느냐?

이곳이 아니면 들에서라도 그를 본 사람이 있느냐?

말해보아라. 이 순간에 사건의 진상이 달렸도다.

코러스 그자가 바로 왕께서 사람을 보내 불러오라 했던 사람으로,

지금 이 나라에서 노예로 살고 있는 자인 듯싶습니다. 하지

만 여기 계신 이오카스타 왕비께서 누구보다 진실을 잘

알지 않겠습니까?

오이디푸스 저자가 말한 그자가, 이오카스타, 내가 소환한 그자가

맞소?

이오카스타 그자의 정체가 뭐가 중요하죠? 상관하지 마세요.

다 쓸데없는 이야기니, 잊어버리는 게 상책이에요.

오이디푸스 이런 단서가 있는데도 내 탄생의 비밀을 밝히지 못한

다면 말이 안 되지.

이오카스타 제발, 당신 자신의 운명이 조금이라도 걱정된다면,
그 정도로 끝내세요! 내가 당하는 파멸로 충분해요.

오이디푸스 참담해하지 마시오. 당신을 부도덕하다고 비난하는
내용은 아무것도 없잖소.
내 어머니는 물론 그 어머니에 그 어머니까지 노예였다 해
도 말이오.

이오카스타 아, 간청하오니, 그만두세요! 더는 파헤치지 마세요!

오이디푸스 나도 어쩔 수 없는 일이오. 진실을 알아야겠소.

이오카스타 최선을 다하시려는 건 알아요.

오이디푸스 그런 최선은 당신이나 하시오! 내겐 그럴 인내심이 없소.

이오카스타 아, 당신의 정체가 무엇인지 몰라도 되잖아요!

오이디푸스 여봐라, 가서 목동을 데려오너라.
그리고 왕비는 가문의 자부심이나 즐기시구려.

이오카스타 아, 불행한 운명의 남자여! 이제는 아니 영원히,
당신을 달리 부를 이름이 없군요.

(이오카스타와 소녀 퇴장)

코러스 왕이시여. 폭풍처럼 몰아치는 슬픔을 피하기라도 하듯
왕비가 몸을 피하셨습니다. 그녀의 침묵이
어떤 거대한 재앙을 불러오는지 두렵습니다.

오이디푸스 무엇이든 나타나거라! 내 출생이 아무리 비천하다 해도

내 끝까지 파헤칠 것이다. 그러나 여느 여인네처럼

거만한 왕비는 나의 천한 출생이 수치스럽겠지.

하지만 난 내가 만복을 베푸는 행운의 여신 포툰의

자식인지 알아보고, 그녀에게 태어난 자라면

나 자신이 부끄럽지 않을 것이다.

그러면 나의 친족인 세월에 따라 내 지위가 지금처럼 높고,

지금처럼 낮게도 변하겠지. 그렇게 태어났다면

달리 다른 사람이 될 수 없을 터이니,

친부모가 누구인지 밝히려고 갖은 짓을 하지도 않을 텐데.

송가 1

코러스   (노래한다) 내게 예언의 능력이 있다면,

내게 현명하고 분명한 판단력이 있다면,

다음 만월(滿月)에는 축제를 열고 춤을 추어,

어미요 유모요, 오이디푸스의 출생지로서

올림포스에 맹세코 그대 키타이론를 경배하리라.

그대가 우리 왕께 무한한 은혜를 베풀었기 때문이노라.

그대 아폴로 신께는 이제 우리의 곡소리를 높이노라.

아, 그대가 보는 앞에서 우리의 기도가 이루어지길!

답송

아 내 아들아, 누가 너의 어머니더냐?

산속에서 너를 목신(牧神)의 아들로 태어나게 했던

불노 (不老)의 님프더냐?

아니면 산기슭 초원을 소중히 여기는 걸로 보아

아폴로가 너의 아버지더냐?

아니면, 킬레네 산* 정상에서 군림하는 헤르메스더냐?

아니면, 산꼭대기에 있던 디오니소스,

그가 헬리콘 산**에서 자신을 따른

님프인 네 어머니의 품에서 널 건네 받았더냐?

오이디푸스 그자를 만나본 적은 없지만,

감히 추측하건대 우리가 오랫동안 찾아왔던

목동이라는 생각이 드오.

나이를 봐도 그렇고,

그와 함께 있던 자들이 내 가족이라는 걸 알겠구나.

그러나 그대가 저자를 전에 본 적 있다면,

나보다 잘 알겠구려.

코러스 분명 그자이옵니다. 라이오스의 사람입니다.

라이오스 왕께서 가장 신임하던 목동 가운데 한 사람입니
다.

(테베의 양치기 등장)

---

* 헤르메스가 태어난 곳으로 여겨지는 산.
** 아폴로와 뮤즈가 살던 산으로 전해짐.

오이디푸스 코린트에서 온 자네에게 먼저 묻노라,

저자가 자네가 말한 자인가?

코린트 양치기 바로 그자이옵니다.

오이디푸스 여봐라, 이리 오너라. 날 똑바로 보고 묻는 말에

대답하거라. 네가 전에 라이오스 왕의 사람이었느냐?

테베 양치기 그렇습니다. 선왕의 노예였습니다. 팔려온 것이

아니라 태생이 그러하옵니다.

오이디푸스 하던 일이 무엇이냐, 뭘 해 먹고 살았느냐?

테베 양치기 양을 키웠는데, 평생의 업이었습니다.

오이디푸스 어느 곳에 주로 갔느냐?

테베 양치기 지금의 키타이론으로 주변 시골이었습니다.

오이디푸스 그래 그곳에서 이 자를 알게 되었느냐?

테베 양치기 무슨 일로요? 어떤 자를 말씀하시는지요?

오이디푸스 저기 보이는 저자 말이다. 저자와 어떤 거래를 한 적

이 있었느냐?

테베 양치기 당장 떠오르는 일은 없습니다.

코린트 양치기 노인장, 당연하오. 하지만 저분은 잊었어도

제가 기억하고 있습니다. 키타이론 주변에서

저분은 두 무리, 저는 한 무리의 양 떼를 몰았던

시절을 알고 있을 게 분명합니다.

여름철을 세 번이나 함께 보냈는데요.

봄부터 대각성*이 뜰 때까지 말이죠.

그러다 겨울이 오면, 전 제 양 떼를 몰고 집으로 돌아가고,

저분과 양 떼는 라이오스 왕의 우리로 돌아갔습니다.

그렇지 않습니까? 아니면 제가 거짓말을 하겠습니까?

테베 양치기 그렇소. 하지만 너무 오래전 일이라.

코린트 양치기 그럼 말씀해보세요. 예전에 제게 키우라고 아기를
맡겼던 일이 기억납니까?

테베 양치기 뭐라고? 왜 그런 질문을 하는 건가?

코린트 양치기 여보시오, 예전 그 아기가 여기 있단 말이오!

테베 양치기 저런 망할 놈이! 그 입을 다물지 못하겠나?

오이디푸스 자 노인장! 이 자를 탓하지 마시오.

저자보다는 자네의 혀를 꾸짖으시오.

테베 양치기 아. 최고의 주인이시여, 제가 심기를 불편하게 해
드렸나요?

오이디푸스 저자가 꺼낸 아기 얘기는 하지 않는구나.

테베 양치기 저자요? 저자는 아무것도 모릅니다. 쓸데없는 시간
낭비입니다.

오이디푸스 (위협 조로) 기꺼이 말하지 않겠다면, 고통을 당하고 말
해보겠느냐?

테베 양치기 아닙니다, 아닙니다, 통촉하소서! 늙은이를 고문하시
다니요!

---

* 큰곰자리 성단의 가장 큰 별.

오이디푸스 자, 여봐라 빨리! 이놈의 팔을 비틀어라!

테베 양치기 불쌍한 놈한테 왜 그러십니까? 뭐가 알고 싶으십니까?

오이디푸스 그 아기 말이다. 네가 저자에게 맡겼다는, 저자가 입에 올린 그 아기.

테베 양치기 그랬습니다. 아 신이시여, 차라리 진작 죽었더라면!

오이디푸스 진실을 밝히지 않으면, 죽음을 면치 못할 것이다.

테베 양치기 진실을 말씀드리면, 그땐 죽을 도리밖에는 없을 것입니다.

오이디푸스 이놈이 시간을 끌려고 수작을 피고 있구나.

테베 양치기 아닙니다! 제가 방금 말씀드렸지 않습니까, 제가 아기를 맡겼다고요.

오이디푸스 아기를 어디서 얻었느냐? 네 친자식이냐? 아니면 다른 사람의?

테베 양치기 아뇨, 제 친자식은 아닙니다. 누군가 제게 맡겼습니다.

오이디푸스 누가? 우리 백성들 가운데 누가? 어떤 집에서?

테베 양치기 모릅니다. 살려주십시오. 나리! 묻지 마십시오!

오이디푸스 다시 묻게 하면 죽은 목숨인 줄 알아라.

테베 양치기 정 그러시다면, 그 아기는 라이오스 왕가의 아기였습니다.

오이디푸스 노예였다는 말이냐? 아니면 왕족이었느냐?

테베 양치기 신이시여! 말하지 않을 도리가 없나이다.

오이디푸스 무슨 말인지, 제대로 말해보아라.

테베 양치기 라이오스 왕의 친자식이라고, 아니 그렇게들 말했습
  니다.

  하지만 가까이 계신 왕비님께서 진실을 가장 잘 알려주실
  수 있는 분입니다.

오이디푸스 뭐라고, 왕비가 아기를 네게 맡겼다고?

테베 양치기 그렇습니다. 왕이시여.

오이디푸스 무슨 의도로?

테베 양치기 아기를 죽이려고요.

오이디푸스 자기 친자식을? 왕비가 어떻게 그럴 수가?

테베 양치기 신탁을 두려워하고 계셨습니다.

오이디푸스 무슨 신탁 말이냐?

테베 양치기 아기가 자라 제 친부모를 죽인다는 신탁 말씀이
  옵니다.

오이디푸스 네놈은 왜 아기를 여기 있는 이자에게 맡겼느냐?

테베 양치기 불쌍해서 그랬습니다. 왕이시여. 외국으로 보낼까도
  생각했지만,

  그때 이 자가 나타났습니다. 그래서 저자가

  죽음에서 아기를 구한 셈입니다. 왕께서 저자가 말한 아기
  라면,

  그렇다면 파멸의 운명을 안고 태어나셨던 겁니다.

오이디푸스 아, 신이여! 아, 신이여! 마침내 진실이 드러났도다!

  아, 태양이여, 이제 한 번만 더 그대를 보게 해주소서.

  내가 저주를 받아 잉태되고

결혼하고 아비를 죽였다는 게 증명되었구나.

(오이디푸스, 코린트 양치기, 테베 양치기, 따로따로 퇴장)

송가 1

코러스 (노래한다) 아아! 그대 인간의 자손이여!

목숨이 붙어 있어도 없는 것과 다름없구나!

인간이 저 스스로 쟁취한 건

한갓 행복의 그림자로,

순식간에 사라지는 그림자 아니었던가?

오이디푸스여, 이제 내가 그대를 바라보듯

그대의 파멸을 보라, 내 어찌 죽어야 할 운명의

인간을 행복하다 할 수 있겠는가?

답송 1

누가 크나큰 성공을 거두었던가?

온갖 욕망을 뛰어넘는 권력과 부를 일구었던가?

수수께끼를 던지는 굽은 발톱의 스핑크스도,

처녀와 새도, 그대는 극복했도다.

그대는 굳건한 탑처럼 테베를 향해 일어섰다.

그리하여 우리의 왕관을 받고, 우리가 베풀 수 있는

가장 높은 경배를 받으며 강성한 이 도시의

왕이 되었도다.

송가 2

이제 누가 더 불쌍하고, 더 참담한가,
잔인한 불행과, 떨어진 재앙으로,
그대의 생명은 먼지와 재로 변했는가?
아, 귀하신 오이디푸스여!
어찌 그럴 수 있단 말인가? 그대를 낳은
왕비의 신랑으로 다시 나타나다니!
어찌 그런 극악무도한 일이 그렇게 오랫동안
아무도 모르게 이어졌단 말인가?

답송 2

시간은 모든 걸 목격하고, 시간은, 그대를 경멸하며
그대가 치른 기괴한 결혼의 전모를 밝히고 벌하였다.
아들이 남편이 되다니.
아, 라이오스의 아들이여,
차라리 그대를 만나지 않았더라면!
죽은 자를 애도하듯 그대를 애도하도다.
처음에는 그대가 내 생명을 살려주었는데
이제는 그 생명이 죽음인 셈이로다.

(왕궁으로부터 전령 등장)

전령 가장 명예로운 테베 시민인 주군들이여,

    제가 말씀드리는 행동을 보셔야 합니다!

    그대의 충성을 우리 왕가에 아직 바치고 있다면

    견디기 버거운 비통한 슬픔이 있소이다.

    이스터*도, 아니, 파시스**의 홍수도

    이 가문을 정화하지 못하기에,

    왕가에 숨은 이런저런 비밀이 이제 곧 만천하에 드러나,

    불행을 스스로 짊어질 것이오. 우리의 고통 가운데

    최악의 고통은 우리가 스스로 가한 고통이옵니다.

코러스 이미 알려진 사실만으로도 충분히, 아니 지나치게 슬프
      도다.

    자네는 또 어떤 새로운 슬픔을 전해주려고 그러는가?

전령 빨리 전해드리고 빨리 듣는 게 낫겠습니다.

    이오카스타 왕비께서 돌아가셨습니다.

코러스 이오카스타 왕비가 죽었다고? 어떻게? 무슨 연유로?

전령 왕비님 손으로 직접, 지금껏 그렇게 끔찍한 장면은

    보지 못했을 겁니다. 너무나 끔찍한 장면이었소이다.

    이제 기억나는 대로 그 참담한 이야기를 전해드리겠습니다.

    고통이 극에 달한 왕비께서

    머리카락을 양손으로 움켜쥐고

---

* 다뉴브 강의 고대 이름.

** 현재의 리온 강.

궁전 뜰을 가로질러 곧장 침실로 뛰어가셨습니다.

안으로 들어가자마자 방문을 걸어 잠그고

오래전 돌아가신 라이오스 왕에게 그들이

예전에 낳은 자식을 기억해보라고 울부짖으셨습니다.

'그 일로 당신은 죽임을 당하고,

나는 제 자식의 자식을 낳은

저주받은 어미가 되었소이다.' 왕비는 겹관계를 맺어

남편에게서 남편을 얻고,

자식에게서 자식을 얻은 침대 위에서 통곡하셨소이다.

그러자 순식간에 왕비께서 돌아가셨는데, 도대체

어찌 된 영문인지 정신이 없었습니다. 오이디푸스 왕께서

　 괴로운 소리와 함께 갑자기 침실로 뛰어드셔서,

왕비의 고통이 아니라,

그 고통의 끝을 보신 장면만 보았기 때문입니다.

왕께선 궁전을 이리저리 뛰어다니며

사람을 볼 때마다 칼을 달라 하고,

자신이 아내라 불렀던 왕비를 부르고,

자신과 자신의 자식들을 낳은 왕비가 어디 있느냐고 물으시

　 며,

미친 듯이 악을 쓰고 다니셨습니다.

그때 주변에 서 있던 저희가 아니라,

어떤 혼령이 왕께 길을 인도하는 듯 보였습니다.

자신을 이끄는 누군가를 향해 왕께서 크게 울부짖으며,

침실 문에 달려들어 빗장을 풀어 젖히고 안으로 들어가서서
자신의 아내가 흔들리는 줄에 매달려 있는 모습을 보신 겁
    니다.
그 장면을 목격하신 왕께서 고통에 겨운 신음을 내며
왕비의 시신을 밧줄에서 끌어내려 바닥에 눕히셨습니다.
그다음은 차마 눈을 뜨고 볼 수 없었습니다.
왕께서 왕비의 드레스에 달린
금 브로치를 뜯어 그 날카로운 끝으로 자신의 눈을 찌르며,
자신이 겪은 고통과 자신이 저지른 죄를
다시는 봐서는 안 된다고,
하지만 어둠 속인 지금부터는
보지 말아야 했던 분들은 봐야 한다고 통곡하시며,
간절히 보고팠던 분들을 알아봐선 안 된다고도
울부짖으셨습니다. 그 말을 되풀이할 때마다,
핀으로 자신의 두 눈을 한두 번도 더 반복해서 찔러댔습니다.
그렇게 찌를 때마다, 얼굴 아래로 흘러내린 피는
서서히 뚝뚝 흘러내린 게 아니라,
검은 비와 핏빛 우박이 뒤섞인 소낙비처럼 쏟아졌습니다.
왕의 머리 위에만 아니라, 남편과 아내 두 사람 위로,
폭풍은 그렇게 똑같이 몰아쳤습니다.
지난 시절 두 분은 참으로 행복했는데, 하지만 지금 오늘은
온갖 재앙 가운데 죽음, 파멸, 비통, 수치,
그 어느 하나라도 그들이 면한 불행은 없습니다.

코러스　이제 왕의 고통이 잠시라도 멈추었소?

전령　누군가에게 성문을 열어 테베 백성들에게

친아비를 죽인 자를 보게 하라고 소리치고 계십니다.

그리고 친어머니와 아, 도저히 입에 담을 수가 없군요.

왕께서는 자신의 운명대로 외국으로 떠나실 겁니다.

고향에서 저주받은 자로 살아가지 않기 위해서 말입니다.

그러나 왕께서는 기력도 찾아야 하고,

길을 인도할 사람도 필요합니다.

이 모두가 차마 견디기 힘든 고통 아니겠습니까.

이제 곧 나타나실 겁니다. 자, 보십시오!

빗장이 열립니다. 적이라도 안타까워할 장면입니다.

(문이 열린다. 오이디푸스가 천천히 나온다)

코러스　(크게 외친다) 아, 끔찍하고 무시무시한 장면이도다. 내가

본 그 어떤 장면보다 끔찍하도다.

어떤 잔인한 광기가 그대를 덮쳤더냐?

어떤 초인적 악마가 그대의 어두운 운명을 도왔더냐?

아, 너무도 불행한 인간이여!

이젠 그만! 묻고 보고 들어야 할 이야기가 많지만,

차마 그대 모습을 쳐다볼 수가 없도다.

그대 모습을 조금이라도 보면 몸서리가 치는구나.

오이디푸스　(노래한다) 아아! 아아! 비통한 나의 불행이여!

걸음아 날 어디로 이끌고 있느냐?

두서없는 나의 목소리가 공중을 헤매는구나.

아, 신이여! 참으로 잔혹하게 짓밟으셨습니다!

코러스 (말한다) 듣기에도 보기에도 너무나 끔찍하구나.

오이디푸스 (노래한다) 아, 혐오스러운 어둠의 구름이여,

뭐라 말할 수 없는 나의 적이여,

극복할 수 없는 잔인함이 몰려드는구나.

아아! 아아! 순식간에 몰아치는 고통이여,

날카로운 핀 끝과 죄를 저지른 기억의 고통이여.

코러스 (말한다) 저렇게 가차 없이 고통스러울 땐 차라리 처절하

게 통곡하고

처절하게 불행을 느끼는 게 낫겠소이다.

오이디푸스 (노래한다) 아, 나의 친구여!

아직도 내 편인가? 아직도 변함없는가?

아직도 날 견딜 수 있겠는가?

아직도 날 좋아하는가, 앞 못 보는 자를?

(말한다) 그대 아닌가, 나의 친구여.

칠흑같이 어둡지만, 목소리만 듣고도, 그대라는 걸 안다네.

코러스 (말한다) 아, 눈을 멀게 하다니! 어찌 스스로 그런 짓을

할 수 있단 말입니까? 악마에게라도 홀렸단 말입니까?

오이디푸스 (노래한다) 아폴로였네, 친구들이여, 아폴로.

아폴로 신이 내가 이런 고통을 당하도록 명했다네.

하지만 내 눈을 찌른 손은,

아아, 다른 누구도 아닌 내 손이었다네.

내게 눈이 무슨 소용이겠는가,

눈을 통해 보는 게 하나도 기쁘지 않은데 말이오?

코러스 (말한다) 그렇기는 합니다.

오이디푸스 (노래한다) 친구들이여, 내가 보고,

소중히 아낄 게 뭐가 있으며,

기꺼이 얘기하고, 들어줄 사람이 누가 있겠소?

당장 날 테베에서 멀리 데려가다오.

날 멀리 데려가다오, 친구들이여!

난 파멸했고, 저주받았으며, 무엇보다

누구도 아닌, 하늘의 미움을 샀소이다.

코러스 (말한다) 불행한 마음과 불행한 운명이여.

아, 차라리 그대를 몰랐더라면 좋았을 것을!

오이디푸스 (노래한다) 그를 저주한다. 그자가 누구였든,

내 발에서 야만적인 족쇄를 떼어내고,

죽음에서 끄집어내, 날 살려냈던 자를.

그에게 어떤 은혜도 빚지지 않았노라.

내가 그날 죽었다면 내가 나와 내 가족에게 자초한

파멸을 겪는 것보다는 덜 괴로웠을 테니까.

코러스 (말한다) 그러게 말이오.

오이디푸스 (노래한다) 그랬다면 이곳으로 와서 내 아버지를

죽이지도 않았을 텐데. 그랬다면 날 낳은

그녀의 남편으로 불리지도 않았을 텐데.

이제 나는 신의 적이오, 날 낳은 그녀가

또 나의 자식을 낳게 한 죄의 자식이다.

악을 능가하는 악이 있다면,

그게 바로 오이디푸스이다.

코러스 (말한다) 어떤 말씀을 드려야 위로가 되겠소?

장님이 되느니 차라리 죽는 게 훨씬 나을 것입니다.

오이디푸스 (말한다) 이미 다 벌어진 일을 놓고

최선은 아니었다고 하지 마시오.

더는 조언도 하지 마시오.

하데스*에 가면 이 눈으로 내 아버지나

어머니를 찾을 수 있을지나 모르겠구나.

부모님께 저지른 짓에 비하면,

죽음이란 벌은 벌도 아니도다.

그렇게 태어난 내 자식들을 보고

과연 기뻐할 수는 있겠는가?

절대 그럴 수 없겠지! 내 눈으로 느낄 수 있는

기쁨이 그곳엔 없소.

이 도시에도, 도시의 흉벽(胸壁)에도 성상(聖像)에도 없소.

아, 비참하구나!

가장 고귀한 테베 사람으로 태어난 내가

하늘과 라이오스 가문에서 저주받은

---

* 죽은 자들의 나라.

그 더러운 자를 쫓아내라는 내 명에 따라

이곳에는 영원히 발도 들여놓지 못하겠구나.

내 안에 그런 더러움이 있는 걸 알고도

아무렇지 않게 저들을 대할 수 있었을까?

댐이라도 세워 홍수처럼 밀려드는 소리를

막을 수 있었더라면, 보지도 듣지도 못하도록,

불쌍한 내 시신을 모두 봉해버렸을 텐데.

고통의 손아귀에서 벗어나 산다면 얼마나 좋을까!

키타이론! 왜 나를 받아주었느냐? 왜 나를 데려다

죽이지 않았느냐?

그랬다면 테베에 와서 살지도 않았을 텐데.

아 폴리보스! 코린트! 친아버지로 여겼던 분의 옛집이여.

도대체 어떤 인간을 키우신 겁니까!

참으로 잘 키우셨는데, 속은 참으로 역겹지 않습니까!

나 자신도 아비로서도 더러운 인간이었습니다.

아, 그대 숨겨진 협곡의 세 갈래 길이여.

숲 속의 좁은 갈림길인 그대가

내 손을 통해 내 아버지의 피를 마셨구나.

아! 내가 어떤 짓을 저질렀는지 기억하느냐?

그리고 테베에서 내가 또 어떤 짓을 했는지도?

그대 결혼이여! 네가 날 낳았도다.

자식의 자식을 낳고, 아버지, 형제, 아들, 신부, 어머니, 아내
   들이

다 뒤섞인 피를 세상에 드러냈다.

인간에게 있을 수 있는 가장 끔찍한 일이 아니더냐!

어떤 더러운 짓을 했는지 입에 담는 일도 수치스럽다.

가능한 한 빨리, 날 추방하고,

아무도 모르게 죽여다오!

보이지 않도록 바다에 던져넣어라.

그대에게 간청하나니, 고통받는 자를

두려워 말고 어루만져주소서.

이런 악의 무게를 견딜 수 있는 자는

이 세상에 나뿐이니 말이오.

코러스　그대의 간청을 들으려고 크레온이 왔소이다.

어떻게 해야 할지 적절한 지시가 있을 것입니다. 왕께서

떠나시면, 우리를 수호하실 분이십니다.

오이디푸스　아아! 아아! 내가 어찌 말을 걸 수 있겠는가?

칭찬의 말이라도 찾아야 하나? 그와 주고받은 모든 말들은

나의 판단이 틀렸다는 게 밝혀지기 전에 뱉은 말들이 아니

더냐.

크레온　기뻐서 온 게 아닙니다, 오이디푸스.

제게 가한 상처를 책망하려고 온 것도 아닙니다.

하지만 사람들이 그대의 수치스런 일에

얼굴을 돌리지 않는다면, 땅이나 하늘에서 내리는

비나 햇빛도 견디지 못하는

이런 저주받은 광경에 더러워지지 않도록

저 만물의 어머니인 불, 신성한 태양을 향해

경의를 표하겠소. 왕을 안으로 빨리 모셔가라.

왕족에게 떨어진 끔찍한 운명은

왕족만이 보고 듣는 게 도리니라.

오이디푸스 나의 비천함을 두고 그런 고귀한 말이라니,

너무 뜻밖이구려. 제발 부탁을 들어주시게.

나 자신이 아닌 그대에게 하는 청이오.

크레온 무슨 청입니까?

오이디푸스 당장 날 이 땅에서 쫓아주시오. 아무도

말을 걸지 않는, 홀로 지낼 수 있는 곳으로.

크레온 그렇게 해드리겠소. 하지만 어떻게 해야 할지

신의 뜻을 먼저 묻고 싶소이다.

오이디푸스 아니오. 신의 명령은 이미 내려졌잖소.

제 아비를 죽인 더러운 나를 죽이라는.

크레온 그 또한 신의 명이었지만, 지금 이런 상황에서는

우리가 어떻게 처신해야 할지 신의 뜻을 묻는 게 현명할 것

이오.

오이디푸스 나 같은 몹쓸 놈을 위해 묻는다고?

크레온 그렇소. 이제는 당신도 신을 믿을 테니.

오이디푸스 그렇소. 그리고 그대에게 맡길 의무와 책임이 있소이다.

안에 누워 있는 그녀를 그대 뜻에 따라 묻어주시오.

그대의 누나이니, 적절한 일인 듯하오.

그리고 내 목숨이 붙어 있는 동안은 내 아버지의 도시에

날 백성으로 거두지 마시오.

내 고향은 키타이론에 있는 산이어야 하오.

내 부모님께서 살아생전

내 무덤으로 택한 곳이었지. 날 죽이고 싶어 하셨는데,

이제 그 원을 풀어 드려야겠소이다.

내가 깨달은 바가 있다면, 어떤 병도 날 죽이지 못하고

어떤 불행도 날 죽이지 못한다오.

그날 난 죽음에서 살아난 것이 아니라,

기괴한 죽음을 맞이하도록 죽지 않았던 것이라오.

내 운명은 제 갈 길을 가야 할 것이오.

이제 내 아들들 얘길 꺼내면, 그 아이들 걱정은 마시오.

사내로서 어디서든 제 앞가림을 할 것이오.

그러나 불행한 나의 딸들은, 항상 내 옆에서

함께 식사하던 내 두 딸은,

아, 크레온! 이건 명령이오. 들어주시오.

딸들을 품에 안고 그들을 위해 울고 싶소이다.

주군이여! 참으로 귀하신 크레온이여! 지금

딸들을 안아볼 수만 있다면, 그러면 눈이 보일 때처럼

그 아이들과 함께 있다는 생각이 들 것 같소이다.

(안티고네와 이스메네 등장)

아, 이게 어떻게 된 일이냐?

아, 맙소사! 사랑하는 딸들이 흐느끼는 소리가 들리지 않는가?

크레온이 날 불쌍히 여겨 사랑하는 내 자식들을
보내줬단 말인가? 그가 그랬소? 맞소?

크레온 그렇소. 딸들이 언제나 그대의 기쁨이었잖소.

그래서 데려온 거요.

오이디푸스 아, 하늘이 그대에게 축복을 내릴 것이오.

이 은혜에 대한 보답으로 하늘이 날 보호했던 이상으로 그
대를 보호하리라!

얘들아, 어디 있느냐? 어디? 아, 어서 오너라!

어서, 오빠이기도 한 이 품에 안아보자.

이 손들, 한때 밝았던 아비의 눈을 도왔었지.

예전처럼 보자꾸나.

너희 아비가, 보지도 묻지도 않고, 너희에게

저 자신을 낳은 여자를 어미로 주었구나.

눈은 보이지 않아도, 너희를 생각하니,

너희가 겪을 불행과 너희가 살아야 할 참담한 삶을

생각하니 눈물이 나는구나.

어떤 모임에, 어떤 축제에 참가나 해보겠느냐?

집에 돌아가 처량히 울고 있는 게

최고의 행사 아니겠느냐?

혼기가 차도, 어떤 남자가 나타나 이 아비가 내 부모와

너희에게 가한 파멸과 수치에 제 인생을 걸겠느냐!

무엇 하나 빠진 게 없구나.

너희 아비는 제 아비를 죽이고, 자신을 낳은 여자와 결혼하여,

저 자신이 생겨난 근본에서 너희를 낳았도다.

이런 일들로 웃음거리가 될 것이니

누가 너희와 결혼을 하겠느냐? 아무도 나서지 않을 것이다.

그래도 결혼도 하지 않고 애도 낳지 않겠다는 생각은 버려라.

아, 크레온! 이제 애들에게 부모는 없고 자네밖에 없구려.

저 아이들에게 생명을 준 두 사람은 모두 죽었으니,

집 밖으로 내쫓아 거지가 되게 하는 고통을 주지는 말게.

자네의 친족이니. 불쌍히 여겨주게.

어린 데다 자네 외에는 아무도 없지 않은가.

'그러겠다'고 해주게, 선량한 크레온이여!

자네의 손으로 약속해주게.

이제, 나의 자식들아, 뭘 하라고 하기에는

너희가 너무 어리구나.

하지만 내가 계속 목숨을 부지하도록 기도는 해도 좋다.

살아야겠지. 그리고 너희를 낳은 아버지보다 더 행복해야 한다.

크레온 이제 눈물을 거두고 안으로 들어가십시오.

오이디푸스 그럼 이만 가야겠소. 내 뜻은 아니지만.

크레온 모든 일에는 다 때가 있는 법이지요.

오이디푸스   내가 자네에게 부탁할 일이 무엇인지 아는가?

크레온   말해주면, 알겠지요.

오이디푸스   날 테베로부터 멀리, 멀리 보내주게.

크레온   내가 아닌 신께서 하실 일이오.

오이디푸스   신들은 어떤 인간보다 날 증오하고 있소!

크레온   그렇다면 신들께서 곧 그대의 청을 들어주실 것이오.

오이디푸스   정말 그렇소?

크레온   아, 아니오! 모르는 일은 말하지 않겠소.

오이디푸스   그렇다면 날 안으로 데려가주시오. 더는 말하지 않겠소.

크레온   그러면 아이들을 보내고, 오시오.

오이디푸스   뭐라고? 내게서 애들을 데려가겠다고? 안 되오!

크레온   만사를 뜻대로 하려고 하지 마시오.

　　　뜻대로 하다

　　　결국 왕권도 잃고 말았잖소.

The best stories
of Sophocles

안티고네

등장인물

안티고네 오이디푸스와 이오카스타의 딸
이스메네 안티고네의 여동생
크레온 테베의 왕이자 이오카스타의 남동생
하이몬 크레온의 아들
파수병
테이레시아스 예언자
전령
에우리디케 크레온의 아내
테베의 원로로 구성된 코러스
파수병들, 시종들 외

배경은 테베의 왕궁 앞이다.

(안티고네와 이스메네, 궁전에서 등장)

안티고네 이스메네, 내 여동생, 사랑하는 이스메네,

아버지가 참으로 많은 고통을 남기셨구나!

지금껏 살아오면서 아버지 때문에 겪지 않은

고통이 하나라도 있었니?

불행, 재앙, 치욕, 불명예, 이 가운데

너와 내가 모르는 고통이 있었니? 게다가 이제

또 시작이구나. 용감한 크레온 왕께서 도시 전체에

포고령을 내렸다는데,

알고 있니? 아니, 사랑하는 가족에게

화가 닥칠 조짐인데 아직 모른단 말이니?

이스메네 언니, 식구들 소식은 좋든 나쁘든

아무 소식도 듣지 못했어.

우리 두 자매가 한날한시에 서로를 죽인

두 오빠를 잃고 난 후로는 아무 소식도 듣지 못했어.

간밤에 적*이 달아났다는데, 그 정도는 알아.

하지만 더는 아무것도 몰라. 슬픈 일이든 기쁜 일이든.

안티고네 알고 있어. 그래서 이곳 성문 밖으로 널 데려온 거야.

남들 모르게 할 말이 있어서.

이스메네 무슨 일인데? 그림자가 드리운 것처럼 얼굴이 어두워.

----

* 아르고스군.

안티고네   오빠 장례 문제 때문이야. 크레온이 한 오빠에게는

예를 갖추고, 다른 오빠에게는 치욕을 주도록 명했단다.

에오클레스 오빠의 장례는 한껏 장엄하게 치르게 하면서 경

의를 표했다는구나.

그런데 폴리네이케스 오빠의 경우는

매장도 애도도 못하도록 명을 내리셨대.

그러니 폴리네이케스 오빠가 슬퍼하는 이도 없이

땅에 묻히지도 못한 채 버려져 있을 것 아니니.

굶주린 맹금이 오빠의 가련한 시체를 먹어치울 거야.

그렇게 왕이 명하신 거야, 우리의 고귀하신

크레온 왕께서 모든 시민에게 말이야.

너와 나에게 명령한 셈이지. 나에게 말이야! 게다가

이 명을 널리 알려 모르는 자가 없도록 하려고

그분께서 직접 여기로 오고 있대.

이 일을 그만큼 중요하게 여기시고 있는 것 같아.

조금이라도 명을 어기는 자는

테베 백성들이 보는 앞에서 돌로 쳐 죽인다는구나.

그러니 이제 네가 우리 가문에 걸맞은

자식인지 아닌지 보여줄 때가 된 거야.

이스메네   아 가엾은 언니! 일이 그렇게 됐다면,

내가 어떻게 할까? 도와줘야 하나, 오히려 방해해야 하나?

안티고네   내가 하려는 일을 같이 해보겠니?

이스메네   뭔가 위험한 일을 꾸미고 있는 거야?

안티고네 오빠의 시체를 함께 거두지 않을래?

이스메네 뭐? 장사를 치르겠다고? 법을 어기면서?

안티고네 누구도 내가 오빠를 실망시켰다고는 못 할 거야! 난 오빠를 잘 묻어줄 거야.

폴리네이케스 오빠는 네 오빠이기도 해. 네가 묻지 않는다 해도.

이스메네 왜 그렇게 물불을 못 가려! 크레온 왕이 금지령을 내리셨다며.

안티고네 내가 하려는 일을 막을 권리가 그에겐 없어!

이스메네 언니, 우리 아버지를 한번 생각해봐.

아버지가 증오와 멸시 속에 어떻게 돌아가셨는지 봤잖아.

자신이 저지른 죄 때문에 제 손으로 제 눈을 멀게 했던 순간을,

게다가 한 몸에 두 이름을 지닌,

그의 어머니이자 아내인 여자가 어떻게

밧줄에 스스로 목을 맸는지 말이야.

그리고 마지막으로, 단 하루 만에

우리 오빠들이 서로 싸우다 같이 타고 태어난 피를

땅 위에 흘리며 어떻게 죽었는지 말이야.

이제 언니와 나, 둘만 남았으니, 생각해봐.

우리가 왕권에 도전하고, 법을 어긴다면,

우리의 죽음은 오빠들의 죽음보다도 수치스러울 거야.

우리가 남자와 싸우지 못하게 되어 있는 여자라는 점도 잊

어선 안 돼.

　　지금 우리 위에 군림하는 저들의 힘이 우리보다 훨씬 강하

　　　　잖아.

　　그러니, 이번 일이나 이보다 더 나쁜 상황에서는

　　저들에게 복종하는 길밖에 없어.

　　그러니까 나는 죽은 사람들에게는 강압에 못 이겨

　　그렇게 행동한 것이라고 용서를 구하고,

　　권력을 쥔 자들을 따르겠어.

　　쓸데없는 개입이야말로 무의미한 짓이니까.

안티고네　강요할 생각은 없어. 돕겠다고 해도

　　이제는 받아들이지 않겠어. 선택은 네가 하는 거니까.

　　하지만 난 오빠의 장례를 치르고 말겠어.

　　이런 고결한 죄를 짓는 대가로 죽어야 한다 해도

　　난 괜찮아. 오빠 곁에서 쉴 수 있으니까.

　　내 사랑에 오빠도 사랑으로 답하겠지. 살아 있는 사람들보

　　　　다는

　　돌아가신 분들을 기쁘게 해야 할 세월이 훨씬 더 길고,

　　그분들과 함께 영원히 살아야겠지.

　　하지만 넌 그런 선택을 하면 하늘이 떠받드는

　　성스러운 법을 더럽히게 될지도 몰라.

이스메네　더럽히려는 게 아니라, 테베의 뜻을 거역하기엔 내가

　　　　너무 역부족이라서 그래.

안티고네　그걸 핑계라고 대니! 난 사랑하는 오빠를 땅에 묻으러

가겠어.

이스메네   제정신이 아냐! 난 언니가 죽을까봐 온몸이 후들거리
　　　　는데.

안티고네   나 때문에 겁내지 말고 너 자신이나 걱정해.

이스메네   그나저나 계획은 누구에게도 알리지 말고, 비밀에 부
　　　　쳐. 나도 그럴 테니까.

안티고네   가서 고자질이나 해! 입을 다물고 사실을 고하지 않으
　　　　면 네가 더 미워질 것 같아.

이스메네   한기가 서린 일에 빠져 간이 부었구나!

안티고네   누굴 가장 기쁘게 해야 하는지 알고 있으니까.

이스메네 그런데 그런 짓을 할 능력은 있어? 터무니없는 짓이야!

안티고네   더는 어쩔 도리가 없으면, 그땐 그만두겠어.

이스메네   도대체 왜 가망 없는 짓을 꾸미는 거야?

안티고네   아, 그만해. 그만 두지 않으면 널 미워하고 말 거야!
　　　　오빠도 널 미워하겠지. 영원히. 당연하지. 날 그냥 내버려둬.
　　　　나와 내 어리석은 생각을 말이야!
　　　　네가 그렇게 경악하는 위험에 내가 맞서려는 건
　　　　겁쟁이로 죽는 것만큼 끔찍하진 않기 때문이야.

이스메네   그럼 가서 그렇게 해, 꼭 그래야 한다면 말이야. 한 치
　　　　앞도 못 보는 어리석은 짓이지만,
　　　　언니를 사랑하는 사람들의 진심은 알아줬으면 좋겠어.

(따로따로 퇴장)

송가 1

코러스   (노래한다) 어서 오시오. 태양의 빛이여, 일곱 성문[*]의

도시 테베를 변함없이 환히 비추는

찬란한 태양 빛이여!

마침내 그대 눈부신 태양이 떠올라,

반짝이는 디르케[**] 강물에

온통 빛을 퍼붓는구나.

그대가 빠르고 더 빠르게 질주하며,

황급히 도주하면,

눈처럼 흰 방패에 갑주를 휘감은 적(敵)이

아르고스에서 나타났도다.

저 병사는 폴리네이케스와의 치열한 분쟁을 빌미로

우리를 파멸시키려 왔도다. 적군을 몰고 우리 땅으로

쳐들어왔구나.

독수리처럼 분노를 내지르며

하늘에서 돌연 우리를 덮쳤으니,

눈처럼 빛나는 갑옷을 온몸에 감싸고, 창에 창을 들고,

투구에 꽂은 깃털은 흔들렸도다.

---

[*]   테베의 옛 별칭.

[**]   테베의 서쪽으로 흐르던 강.

답송 1

병사는 지붕 위에 닿을 듯 맴돌고,

일곱 성문 주변을 선회하네,

우리 피에 목마른 창을 들고서.

그가 사라졌다! 사라졌다. 부리로 우리 몸을

물어뜯기 전에, 우리 피로 자신을 채우기 전에,

타오르는 불길을 앞장세워

테베의 탑들을 장악하기 전에.

잔혹하게 쨍그랑거리는 무기 소리로 그를 물리치고,

다시 몰아낸 건, 용의 아들들*과의

대적이 쉽지 않기 때문이라네.

어느 불경한 사내의 오만한 자랑을

제우스가 극도로 증오한 탓이라네. 그러니 신께서

금빛 장비를 뽐내며 불어난 물처럼 진격해오는

전사들을 목격하자,

성벽을 기어오르는 자들을 벼락으로 쓰러뜨렸다네,

'승리'를 외치는 저들의 함성이 울려 퍼지는 가운데.

송가 2

병사가 땅에 심하게 고꾸라져, 그곳에 쓰러졌네,

횃불을 손에 든 광기 어린 그는

---

* 테베 사람들.

쓰디쓴 증오를 내쉬었네,

거세게 몰아치는 폭풍처럼.

병사의 운명이 그렇게 스러지고,

살아남은 전사가 저마다 만난 자신의 끔찍한 죽음도

우리의 구원자, 위대한 전쟁의 신께서 내리신 거라네.

우리의 일곱 성문으로 진격해온 일곱 적군*이

제각각 테베 사람에게 쓰러지니, 아르고스의 무기는

테베의 제우스 신전을 장식할지라.

구하라 두 형제를, 기괴한 증오에 찬 저 두 형제를,

한 어머니의 두 아들이며, 한 왕의 두 아들이,

왕권을 두고 싸우다, 검으로 영토를 분할하고

서로가 서로를 죽였도다.

답송 2

그러나 우리에게 승리의 여신, 영광스런 승리의 여신이 미
　소 지으니,

기쁨으로 환호하여 맞이하라.

이제, 위험은 지났으니,

전쟁 생각을 마음에서 떨쳐내거라.

자! 우리 모두 신들께 감사를 올리자.

신전과 사당에서 밤새도록 춤을 추며,

---

* 테베를 공격한 폴리네이케스와 여섯 장군을 일컬음.

그대, 테베의 디오니소스를 따르자.

코러스   헌데 여기 테베의 새로운 왕, 크레온 왕께서

신들이 우리에게 하사하신

새로운 행운을 타고 오시는구나.

무슨 일로 이런 원로 회의를 소집하신 걸까?

(크레온 호위 받으며 등장)

크레온   원로 여러분, 여러분들을 부른 것은 국정에 관한 일 때문
이오.

신들이 분쟁의 해일에 휘말리게 됐던 나라를 다시 바로잡으
셨소.

그래서 칙령을 내려 누구보다 그대들을 이곳으로 소환한 것
이오.

경들이 라이오스* 왕을 얼마나 공경했는지 잘 알고 있소.

그 후 오이디푸스 왕이 왕위를 계승하고,

돌아가셨을 때에도, 두 왕자의 휘하에 모여

굳건하고 믿음직한 충성을 바쳤지요.

두 형제가 이중의 비운에 몰락하여

단 하루 만에, 더러운 칼로 서로의 목숨을 빼앗았으니,

돌아가신 왕과 가장 가까운 친척의 권리에 따라

---

* 오이디푸스의 아버지로 테베의 선왕.

이제 왕위와 왕권을 내가 물려받았소.

나라를 어떻게 통치하고 법을 어떻게 제정하는지

보기 전까지는 사람의 성격과 정신과 영혼을

이해할 도리가 없는 법이오. 국가를 다스리되

가장 현명한 진로로 나아가지 못하고, 두려워하며,

제 생각과 다른 말을 하는 자라면,

그런 자는 쓸모가 없습니다. 또한, 자신의 도시보다

친구를 더 소중히 여기는 자를 난 경멸하오.

시민의 안전을 위협하는 재난이 닥친다면,

난 잠자코 있지 않을 것이며, 나라의 적인 그런 자를

친구로 여기지도 않을 것을,

제우스신께 맹세하나니, 내 말을 믿으시오.

우리 모두를 수호하는 건 바로 도시이며,

도시 덕분에 폭풍을 건뎌내고,

도시가 무사한 경우에만 우리는 서로

충실한 친구가 될 수 있소이다.

이것이 나의 신념이며, 따라서 내가 우리 도시의

위업을 지켜나갈 것이오.

자, 이제 칙령을 선포하오.

오이디푸스 왕의 두 아들 가운데, 국가의 대의에 따라

영광스럽게 싸우다 목숨을 내려놓은 왕자는

명예롭게 죽은 자에게 주어지는

모든 의례를 갖춰 매장하겠노라.

그러나 그의 형제 폴리네이케스는

망명에서 돌아와 나라를 황폐화하고,

고향 신들을 모신 신전을 불태우고

일가친척의 피를 마시고,

남은 사람들을 노예로 삼았으니,

테베 백성에게 선포하노라, 아무도 그의 장사를

치르거나 그의 죽음을 애통해하지 말고,

죽은 곳에 그대로 내버려두어,

개나 새의 먹이가 되게 하여,

시신을 가장 흉측하게 훼손하라.

이것이 나의 뜻이다. 내 결코 악인이 올바른 자보다

더 많은 영예를 얻도록 허락하지 않겠다.

이에 반해 우리 도시를 향해 애정을 드러내는 자는

누구나 살아서든 죽어서든 내 찬사를 얻으리라.

코러스   왕이시여, 당신의 뜻을 알겠습니다. 우리 도시의

수호자와 원수에게 응분의 대가를 내리셨습니다.

군주이신 그대가 죽은 자를 위한 법과 살아 있는

우리들이 지켜야 할 법을 만들었나이다.

크레온   그렇다면 그대들이 새로 제정된 법을 지키는지 봅시다.

코러스   아닙니다. 그런 짐은 더 젊은 사람들에게 지우십시오.

크레온   파수병에게 시체를 지키도록 명했소.

코러스   그럼 저희에게는 어떤 책임을 맡기시렵니까?

크레온   나의 명을 따르지 않은 자들을 묵인하지 마시오.

코러스 죽을 일을 사서 할 정도로 어리석은 자는 없나이다.

크레온 그런 자들은 죽음으로 응분의 죗값을 치를 것이오.

허나 흔히 물욕 때문에 파멸에 이르는 인간도 있다오.

(파수병 등장)

파수병 군주시여, 숨이 턱에 차도록 달려왔다고는

말씀드리지 못하겠나이다. 걸음을 멈추고 고민하고

오던 길을 되돌아 다시 돌아간 게 한두 번이 아니옵니다.

여러 생각이 들어 마음이 복잡했습죠.

'이 바보야! 벌 받을 게 뻔한데 왜 가는 거야?'라는 생각이 들

기도 하고,

아니면 '뭐야? 불쌍한 놈, 오도 가도 못하는 거냐?

크레온 왕이 다른 사람한테 이 소식을 전해 듣기라도 하면,

따끔한 맛을 보게 될걸 하는 생각이 들기도 했습니다.

이런저런 생각에 갈팡질팡하다

서둘러 오지 못했습니다요. 이러니,

가깝던 길도 이내 멀게만 느껴지고, 결국

이렇게 결정을 내렸습죠. 가서 폐하께 전해야

한다고요. 무소식보다 더 나쁜 소식일는지도 모르지만,

그래도 아뢰겠습니다. 고통도 팔자소관일 뿐이지요.

이제야 마음이 놓입니다!

크레온 그래 그렇게 심난한 까닭이 무엇이냐?

파수병　우선 제 말씀 먼저 올리겠습니다. 그건 제가 시킨 일도
　　　아니고,

　　　전 그런 짓을 누가 저질렀는지도 모릅니다. 허니 솔직히 말

　　　씀드려, 벌을 받는 게 억울합니다.

크레온　신중한 놈이로구나. 미리 선수를 치다니.

　　　안 좋은 소식을 가져왔으렸다?

파수병　그렇습니다. 위험 앞에선 누구나 주저하기 마련이습죠.

크레온　자, 소식을 전하고 돌아가야 하지 않겠느냐?

파수병　그러면, 아뢰겠나이다. 시체를, 어느 놈이

　　　장사를 치르고 사라졌나이다. 무덤 위에

　　　마른 흙도 뿌리고, 제식도 다 갖추고요.

크레온　뭐라고? 장사를 치렀다고? 어떤 놈이 감히 날 거역했더

　　　냐?

파수병　제가 어찌 알겠습니까요? 곡괭이 자국도 없고,

　　　땅을 판 흔적도 전혀 없었습니다.

　　　흙이 단단하고 메말라 건드리는 자가 없었습죠.

　　　마차도 다녀간 흔적이 보이지 않고,

　　　아무런 흔적도 남기지 않고 그런 짓을 저지른 것입니다.

　　　그러니, 첫날 파수병이 그리된 걸 보여주었을 때,

　　　저희는 간담이 서늘해졌습죠. 시체도 보이지 않았는데,

　　　땅에 묻힌 게 아니라 흙으로 살짝 덮어놓은 게

누군가 저주[*]를 피하려 했던 듯합니다. 둘러봤지만,

개나 새가 시체를 물어뜯은 흔적도 없었습니다.

화가 치밀어 저희끼리 욕설을 퍼부었죠.

서로 탓하고 결국 주먹질이 오갔을 겁니다.

말릴 사람이 없었으니까요.

각자 잘못이 있는 듯했지만,

자기는 몰랐으니 죄가 없다고들 주장했습죠.

우리 모두 시뻘건 쇠를 양손에 들고,

불 속을 걸으며 그런 짓을 저지르지도 않았고,

그런 짓을 하거나 꾸민 자를 조금도 알지 못한다고

신께 맹세하려 했습니다.

하지만 단서 하나 찾지 못하다보니, 한 파수병이

무서워 고개를 쳐들지 못할 정도라고 말해도

대답하는 놈도 없었고, 그런 짓을 해서 저희 같은 놈들이

무슨 득을 볼지도 알 길이 없었습죠.

그 파수병 놈이 '크레온 왕께 이 일을 보고해야 해.

우린 감히 숨기지도 못해'라고 해서

그 말을 따르기로 한 것이옵니다.

제비뽑기로 제가 마지못해 오긴 왔는데,

누구도 달가워하지 않을 일인 건 분명합니다요.

나쁜 소식을 전하는 자를 사랑하는 이는 없으니까요.

---

* 흙을 뿌리지 않고 시체를 지나가면 벌을 받는다고 믿었음.

코러스 문득 떠오른 생각인데, 주군이시여,

이 사건에서 신의 조화가 보이시지 않습니까?

크레온 입 다물라! 성질을 돋우려는 거요?

늙어서, 이제 노망이라도 난 거요?

신들이 그런 시체에 신경 쓸 겨를이 있다고

생각하다니 기가 막히오.

뭐라고? 석주 신전에 불을 지르고,

신들의 보고(寶庫)를 파괴하고, 신들의 땅을 황폐화하고

법을 뒤엎은 자를, 신들을 정성껏 섬긴 자와 마찬가지로

장사를 지내 예우해야 한다고? 아니면 신들이

극악한 자를 편애한다는 사실을 눈치라도 챈 거요?

아니, 처음부터 내 칙령을 거부하는 불평도 들렸고,

쥐도 새도 모르게 머리를 흔드는 자들도 있긴 있었지.

내 권위에 대한 불만에 차서 말이오.

이들 가운데 다른 이들을 현혹하거나 매수하여

그런 짓을 하도록 부추긴 자들이 있다는 걸 알고 있소이다.

이 세상에 존재하는 모든 더러운 것 중에서

돈만큼 더러운 것도 없지.

돈만 있으면 도시의 문도 강간을 저지른 놈들에게

활짝 열리고, 시민들을 추방하고,

정직한 마음을 왜곡하여 치욕스럽게 하는 등,

인간에게 온갖 부정과 불손을 자행하게 하지 않느냐.

저 자신을 돈에 팔아먹는 이런 사악한 놈들이

처벌받을 게 뻔한 그런 짓을 하도록 돈으로 매수한 게야.

따라서 제우스신의 옥좌에 경의를 표하며,

내가 분명히 맹세하건대, 네놈이 이번 장사를 주동한

놈을 찾아, 내 앞에 데려오지 못하면,

죽음만으로는 충분치 않을 것이다.

산 채로 목을 매달아 죄를 고백하게 할 것이니,

앞으로는 맡은 일을 더욱 영리하게 수행하라,

그러면 남의 주머니를 훔치는 짓이 늘

무사한 법은 아님을 깨달을 것이다.

부정하게 번 소득은 행복이 아닌

파멸에 이르게 하리라.

파수병　대답을 올려도 될까요? 아니면 그냥 돌아서서 가야 할까
요?

크레온　이제, 예전처럼, 바로 너의 그 목소리가 거슬리는구나.

파수병　귀에 거슬리시는 건가요, 아니면 마음에?

크레온　내가 왜 불쾌한지 네놈이 캐겠다는 거냐?

파수병　반역자에게는 마음이 상하고, 저로 인해서는 귀가 상하
셨군요.

크레온　이 일은 이것으로 됐다! 쉼 없이 주절대는 멍청한 놈!

파수병　멍청이라면, 그런 짓을 할 위인이 못 됩니다.

크레온　그렇구나. 하지만 네놈의 짓이렷다. 돈에 목숨을 팔지 않
았느냐!

파수병　억울합니다. 내키시는 대로 판결하시다니, 잘못된 판결

입니다!

크레온   네놈이야말로 네 멋대로 내 판결을 심판하는구나. 그렇
다면 범인을 잡아와라.

그렇지 않으면 사기죄로 어떤 벌을 받는지

내 본때를 보여주마.

파수병   신이여, 범인이 잡히도록 도와주소서! 하지만

범인이 잡히든 안 잡히든, 이런 일은 분명 운에 달린 일이라,

제가 다시는 여기 올 일이 없을 겁니다.

목숨을 부지할 가망도, 기대도 없지만

저를 구원하셨던 신들께 감사할 따름입니다요.

(크레온과 파수병 따로따로 퇴장)

송가 1

코러스   (노래한다) 경이로운 일이 허다하되, 만물 중

인간이야말로 가장 경이로운 존재로다.

폭풍 치는 바다 위를 항해하다

거센 폭풍의 격노와 포효하는 파도가

사방에서 밀려와도, 탑처럼 치솟는 해일 속에

자신의 길을 가는구나.

땅은 무궁무진하고, 영원하지만, 인간은 지쳐가니,

앞으로 뒤로, 계절에서 계절로, 그의 황소 무리가 쟁기 날을

따라 몰려간다네.

답송 1

인간이 흥에 겨운 새들을 덫을 놓아
옭아매는구나, 이 땅의 모든 야생 동물을
잡아 거두는 방법을 터득하고,
깊은 바닷속 가득한 물고기는,
튼튼한 밧줄로 엮은 망으로 낚는구나.
참으로 기발한 인간이로다.
손수 만든 고안물을 이용해 인간은
심지어 산에 사는 짐승들의 주인이 되는구나. 갈기 늘어진
말에게는 목에 멍에를 씌워 기를 꺾고, 언덕에서
자란 지칠 줄 모르는 억센 들소도 길들인다네.

송가 2

인간이 말을 터득하고,
기질도 생각도 명민한 건
도시에서 살기 위한 거라네, 헐벗은 채 얼얼하고
살을 에는 서리를 맞으며 누워 있거나
퍼붓는 비를 맞으며 웅크린 채 살려는 건 아니지,
모든 역경에도 굴하지 않는 재간 많은 인간이로다.
죽음만은 피할 방도가 없구나.
허나 고통스런 병을 치유하는 길은
인간 자신의 능력뿐이로다.

답송 2

도구는 상상을 초월하고 인간은 더욱 교활해져

악하구나 싶다가도 선하구나.

법*을 준수하고, 신이 명한 올바른 길을 걷는다면,

영광이 따를 것이니,

불명예스런 인간은 자신의 무모한 심장이 이끄는 대로

죄와 손잡게 되리라.

내가 그런 자처럼 생각지 아니하고

그런 불경스런 인간이 내 집에 머물지

않기를 기원하나이다.

(파수병이 안티고네와 등장)

코러스 도대체 어떤 악령이 퍼져 있는가? 그녀가

어떤 분인지는 내가 잘 알고 있도다. 안티고네. 그런데

이게 도대체 어찌된 일이오? 아, 불행한

아버지 오이디푸스의 불행한 딸이여, 이게 무슨 일입니까?

분명 당신이십니까, 미쳐서 무서운 게 없어

왕의 칙령을 거역한 것입니까?

파수병 장사를 치른 범인을 여기 대령했사오니, 이 여자이옵니다.

장사 치르는 현장에서 잡았습니다. 그런데 크레온 왕은 어

---

* 국법으로 신법(神法)과는 대조됨.

디 계십니까?

코러스 때마침 궁에서 오시는구나.

(크레온 호위 받으며 등장)

크레온 어떻다고? 무슨 일로 때마침 왔다고 하느냐?

파수병 왕이시여, 어떤 일에서나 사람은 함부로 맹세할 게

  못 됩니다. 다시 생각하면 그게 아니거든요.

  왕께서 제게 하신 위협이 우박을 동반한 폭풍우처럼 파고들

    어,

  이곳에 다시는 올 일이 없을 거라 말씀 올렸지요.

  그런데 가망이 없던 기쁨에 넘쳐서

  이것저것 따질 겨를도 없었습니다요.

  그렇게 돌아왔습니다. 돌아오지 않겠다고 맹세했지만,

  장사 치르던 이 여자를 잡아왔습니다.

  이번에는 제비를 뽑은 게 아니라,

  뜻밖의 행운을 잡은 거지요.

  그러니 폐하, 원하시는 대로 하소서. 직접 저 여자를 데려다,

  심문하고 자세히 따져 물어보시고,

  제 죄를 탕감하고 자유로이 풀어주십시오.

크레온 왜 이 여자를 잡아온 것이냐? 어디서 잡았느냐?

파수병 장사를 지내고 있었습니다. 그게 전부이옵니다.

크레온 네놈이 무슨 말을 하고 있는지 알고 있느냐? 그 말이 정

말이냐?

파수병   저 여자가 장사 치르는 장면을 목격했습니다.

왕께서 금하신 일이었지요. 분명하고 확실한 일 아닙니까?

크레온   네놈이 어떻게 알고 저 여자를 현장에서 잡았느냐?

파수병   전말을 아뢰겠습니다. 그곳에 당도한 저희는,

왕께서 저희 머리에 지우신 그 끔찍한 위협이 두려워

축축한 시체를 덮은 흙 옆에서 울고 있었습니다.

시체는 여전히 헐벗은 그대로라,

바람 불어오는 방향으로 비탈길에 앉아 있자니

역겨운 냄새를 피할 길이 없었습죠.

바짝 긴장하며 혹여 게을러질까 각자 제 동료에게

심한 욕지거리를 퍼부었습니다.

그렇게 시간이 흘렀고, 어느새 이글거리는 태양이

중천에 떠올라 땡볕에 타죽을 것 같았습니다.

그때, 갑자기, 회오리바람이 하늘에서 내려와

먼지 바람을 일으켜, 땅인지 하늘인지

분간이 안 됐습니다. 대기에는 모래가 자욱하고

나뭇잎들이 나무에서 찢겨 떨어졌습니다.

저희는 눈을 감고

있는 힘껏 이 갑작스런 재앙을 견뎠습니다.

마침내 주위가 잠잠해졌고, 바로 그때 저 여자를 보았습니
    다.

통한에 겨워 울부짖고 있었는데, 돌아간 둥지에서

새끼는 사라지고 보금자리는 엉망이 되어

울부짖는 어미 새 같은 모습이었습니다.

헐벗은 시체를 보고 통곡하며 그런 짓을 한 자들에게

저주를 퍼부어댔습니다. 그러다 한 번

메마른 흙을 몇 줌 가져오고, 하늘 높이

예쁜 모양의 청동 꽃병을 쳐들고는, 죽은 자를 위한

장례에 따라 신주(神酒)를 세 번 따랐습니다.

저희가 여자에게 쏜살같이 달려가,

먹잇감을 잡아채듯 잡고

이번뿐 아니라 지난번에 발생했던 죄에 대해 추궁했습니다.

저희를 조용히 바라보더니 자기가 두 건의 범죄와

무관하다고 주장하지는 않더군요. 전 너무 기뻤습니다.

하지만 몹시 안타깝기도 했는데, 저 때문에 친구가

벼랑에 몰릴 수도 있다는 게 찔렸기 때문입니다.

하지만 저야 뭐, 제 목숨을 구하는 게 먼저이긴 합니다요.

크레온 여봐라, 땅바닥만 쳐다보고 있구나.

네 짓이라고 인정하겠느냐, 아니면 부인하겠느냐?

안티고네 아니, 부인하지 않겠습니다. 인정합니다.

크레온 (파수병에게) 그럼 이제 가도 좋다. 가고 싶은 데로 가거라.

무거운 혐의에서 완전히 벗어났도다.

(파수병 퇴장)

너는, 내게 간단히 고하거라. 긴말을 원치 않는다.

금지된 일인지 몰랐느냐?

안티고네 물론 알고 있었습니다. 칙령 선포가 있었지요.

크레온 그런데도 감히 법을 어겼느냐?

안티고네 이번 칙령은 제우스 신이 내린 것이 아닙니다.

더군다나 정의의 여신 디케도 인간에게 이런 법을 내리지는
  않습니다.

전 한 인간인 당신이 내린 칙령이 불문법(不文法)이라고,

변함없이 전해져온 하늘의 법보다

우선한다고는 생각지 않았습니다.

하늘의 법은 어제오늘이 아닌 영원한 권위를 지닌 법입니다.

감히 인간이 어찌 이런 법이 어떻게 탄생했는지 알겠습니까.

제가 한 인간이 두려워서 신들을 거역하고 그들의 법정에
  서야 했을까요?

전 제가 당신의 칙령이 없다 해도 죽어야 하는 운명임을 알
  고 있었습니다.

천명을 다하지 못하고 죽어야 한다면, 그렇다면 다시 생각
  해보지요.

저처럼 수많은 불행에 둘러싸여 사는 사람에게는

죽음이 오히려 달갑죠.

이런 운명을 맞이하는 게 비통한 일도 아니고요.

그러나 우리 어머니의 아들이 죽어 누워 있는데,

장사도 치르지 않고 그대로 두었다면,

비통해하지 않을 수 없었겠죠.

그러니 이런 일은 아무것도 아니랍니다.

당신이 어리석은 행동으로 여긴다면,

아마 어리석은 자에게 어리석다고 비난받는 꼴일 겁니다.

코러스 딸에게서 제 아비의 기질이 보이는구나, 격하고, 꺾이지
    않는.

어떤 폭풍에도 물러서지 않겠구나.

크레온 허나 고집이 가장 센 자들이 가장 크게 몰락하는 법이다.

쇠가 단단하면 불 속에서 가장 세게 두들겨 맞아,

깨지고 부서지는 경우가 허다하지.

거칠기만 한 야생마도 길들여지는 걸 보았도다.

약간의 매질로도 말이지.

노예에게는 자부심이 들어설 여지가 없는 법이거늘!

이 계집은 내가 제정한 법을 어길 때

이미 오만이란 기술을 터득한 모양이구나.

그러니 이제 제가 저지른 짓을 자랑하고

우리를 비웃고, 거기다 분노까지 덧붙이는구나.

이제 나를 능멸하고도 그 죗값을 치르지 않는다면,

내가 아니라 저 계집이 사내인 셈이다.

저 계집이 아무리 내 조카이고,

누구보다 가까운 가족이라 해도,

끔찍한 형벌을 면치 못할 것이다.

아니, 제 여동생 역시 벌을 면치 못할 것이다.

여동생 역시 유죄로 판결한다. 시체에 장사 지내는 짓에

일조했을 터이니. 동생을 끌어오라.

미쳐서 정신 나가 있는 모습을 방금 궁 안에서 보았다.

그런 일이 허다하지 않더냐.

암암리에 죄를 도모하는 놈들은 저도 모르게

배반을 당하지 않더냐. 얼굴에 표가 나기 마련이지.

하지만 무엇보다 가장 끔찍한 죄는 지은 죄가 다 밝혀졌는
  데도

이를 미덕이라 꾸며대는 수작이로다.

(몇몇 파수병 퇴장)

안티고네   그냥 절 끌고 가서 죽이면 다 끝나는 게 아닌가요?

크레온   그보다 더할 일도, 덜할 일도 없겠지.

안티고네   그런데 왜 지체하는 겁니까? 제게는 당신이 하는

  어떤 말도 즐겁지가 않군요. 결코 그럴 일도 없겠고요!

  제 모든 것에 심기가 상하실 텐데요.

  하지만 친오빠의 장사를 치르는 일보다

  더 영광스러운 일이 달리 뭐가 있겠습니까?

  이 사람들도 그렇게 말할 것이오.

  공포에 휩싸여 입을 다무는 경우를 빼면 말입니다.

  왕에게는 수많은 특권이 있지만, 자기 멋대로 말하고

  행하는 게 최고의 특권이겠지요.

크레온   그렇게 생각하는 사람은 테베에서 네년 하나뿐이다!

안티고네   이 사람들도 저와 같은 생각이지만, 감히 입을 열지 못
하는 것뿐입니다.

크레온   다른 사람들과 다르다는 게 수치스럽지도 않느냐?

안티고네   오빠에게 경의를 표하는 일은 전혀 수치가 아닙니다.

크레온   테베를 위해 죽은 오빠는 오빠가 아니더냐?

안티고네   한 어머니와 한 아버지가 두 분을 낳으셨죠.

크레온   반역자에게 경의를 표하는 네가 그*를 욕되게 하는구나.

안티고네   오빠는 그런 말을 하지 않을 것입니다. 죽어서도.

크레온   그렇다! 반역자가 그에 따른 죗값을 치른다면 말이다.

안티고네   죽은 사람은 노예가 아니라 그의 형제였소!

크레온   테베를 공격하다 죽은 놈이다. 다른 분은 우리를 구했고.

안티고네   그렇더라도 죽음의 신께서 이런 장례를 요구하고 계십
니다.

크레온   선인이 악인보다 더 많은 영광을 누려야 하는 법이다.

안티고네   누가 알겠습니까? 죽어서 그 둘이 화해할는지.

크레온   죽는다고 원수가 친구가 되는 건 아니다!

안티고네   그렇다 해도, 전 두 분에게 사랑을 베풀었지, 그분들
의 증오를 함께 나눈 게 아닙니다.

크레온   그렇다면 지옥에나 가봐라! 사랑 타령을 하려거든, 거기
가서 해라.

---

* 다른 쌍둥이 오빠인 에테오클레스.

내가 살아 있는 한 여인네가 나를 좌지우지하게 두지는 않
　　겠다.

(파수병들 이스메네를 데리고 등장)

코러스　(연호한다) 이스메네가 성문을 나서는 모습을 보아라,
　　언니를 위한 눈물에 젖었구나. 이마에는
　　슬픔이 구름처럼 몰려와 그녀의 태양을 덮고,
　　그 아름다운 모습에 비가 들이치는구나.

크레온　네가 뱀처럼 내 거처에 숨어들어,
　　남몰래 내 생혈을 들이키고 있었구나.
　　내가 아끼던 악마 같은 두 계집이
　　내 왕위를 전복하려고 했다는 사실도 몰랐도다.
　　자, 와서 고하라. 이번 장례에 가담했다고 고백하겠느냐,
　　아니면 전혀 몰랐다고 맹세하겠느냐?

이스메네　같이 했습니다. 언니가 허락한다면,
　　이 중죄의 짐을 함께 지겠나이다.

안티고네　안 돼! 그런다고 정의로워지는 게 아냐.
　　하지 않겠다고 해서 껴주지 않았거늘.

이스메네　거친 폭풍 속에서 언니와 함께 항해하며
　　위험을 나누게 되어 기뻐.

안티고네　누가 한 행동인지는 죽음의 신이 잘 알고 있어.
　　난 말로만 사랑 운운하는 자들을 사랑하지 않아.

이스메네   언니, 날 경멸하지도 말고, 죽은 분을 경배하며

    언니를 따라 죽겠다는 날 말리지도 마.

안티고네   따라 죽을 생각도 하지 말고, 하지 않겠다던 일을

    했다고 주장하지도 마. 내 죽음만으로 충분하니까.

이스메네   언니를 잃으면 내 삶은 뭐가 되겠어?

안티고네   크레온 왕께 여쭈어라! 네 걱정은 크레온이 아니었더냐.

이스메네   아, 왜 쓸데없이 날 비웃는 거야?

안티고네   비웃는 거라면, 비웃는 내가 괴로워서겠지.

이스메네   뒤늦게라도 언니를 도우면 안 돼?

안티고네   네 목숨이나 구하라는 거야. 살려는 걸 탓하는 게 아니야.

이스메네   아아! 언니의 운명을 함께 짊어지면 안 돼?

안티고네   안 돼. 넌 목숨을 택했고, 난 죽음을 택했어.

이스메네   하지만 내가 경고 안 했던 건 아니잖아!

안티고네   널 현명하게 여기는 자들도 있었지.

    하지만 죽은 자들은 날 칭송했어.

이스메네   하지만 나도 언니만큼 큰 죄를 지었어.

안티고네   네가 살아서 다행이야.

    하지만 난 이미 죽은 분을 위해 목숨을 내놓았단다.

크레온   이 두 계집 가운데, 한 년은 이제 막 미쳤고,

    나머지 한 년은 미쳐서 태어난 게로다.

이스메네   폐하, 그게 아니라, 재앙이 닥쳐

    이성이 마비된 것입니다.

크레온   죄를 공모하기로 했을 때 네년은 아니 그랬더냐!

이스메네　언니도 없이 목숨을 부지한들 무슨 소용이겠습니까?

크레온　'언니'를 입에 올리지 마라. 네겐 언니가 없다.

이스메네　더구나 언니는 하이몬의 신부인데, 죽이시렵니까?

크레온　하이몬이 동침할 만한 여자가 저 계집뿐이더냐?

이스메네　하이몬을 사랑하는 사람은 언니뿐이에요.

크레온　사악한 여편네를 둔 아들이 원망스럽구나.

안티고네　아, 사랑하는 하이몬! 당신 아버지께서 당신을 모욕하
　　　　시는구려!

크레온　너와 네 결혼 얘기는 수도 없이 들었다.

이스메네　어찌 당신 아들 하이몬에게서 언니를 빼앗으려 하십니까?

크레온　이 결혼을 막는 걸림돌은 내가 아니라 죽음이다.

코러스　그렇다면 그녀의 죽음이 결정된 건가?

크레온　너와 나의 결심은 정해졌다.

　　　(파수병들에게) 더는 지체 말고, 즉시 안으로 끌고 가라. 이제
　　　　부터는 밖을 나돌게 하지 말고

　　　부인네처럼 집에 머물게 하라.

　　　명심하라, 죽음이 코앞에 다가오면

　　　용감하다는 놈들도 살아날 궁리를 하는 법이란 걸.

(안티고네와 이스메네가 호위를 받으며 궁으로 퇴장, 크레온은 남아 있다)

송가 1

코러스　(노래한다) 재앙을 모르는 자들은 참으로 행복하겠구나!

천국에서 떨어져나온 집안에

대대로 재앙이 끊이질 않는구나.

트라키아*에서 그르렁대는 바람이

바닷물을 휘몰아 검게 물들이면,

재앙은 부풀어 오른 바닷물처럼 끊이질 않도다.

아래에서 올라오는 탁하고 검은 먼지 구름을 건더내고,

절벽의 신음 소리에 찰싹거리는 바람과

성난 쇄파 소리가 무색하구나.

답송 1

보이는구나, 왕들의 가문에, 오랜 슬픔이

다시 고개를 들고, 재앙은 재앙으로 이어지도다.

비애는 다시 또 다음 세대로 전해지는구나.

저들을 괴롭히는 신들은 결코 용서를 모르는구나.

최후의 왕족을 비추는

희미한 빛이 오이디푸스 왕가에서 일렁거렸다.

그러나 죽음은 또다시 도래하여

도끼를 피로 물들이며, 어린나무를 잘라내고,

광분과 복수 어린 광기는 도움의 손길을 그녀에게 내밀도다.

---

* 북풍의 신 보레아스가 산다는 그리스 북부의 나라.

송가 2

제우스여 당신의 힘은 전능하나니! 무례한
필멸의 인간은 누구도 그대에게 대항하지 못합니다!
잠, 다른 모든 것을 정복하는 잠도
그대를 능가하지 못하며,
지칠 줄 모르는 세월 또한 그러하며,
시간을 초월하여 그대만이 전능하고 영원하며,
그대의 올림포스에서
휘황찬란하게 군림하나이다.
오늘도 그리고 지나간 모든 시간 속에서
그리고 앞으로 도래할 모든 시간 속에서
통하는 법이 있나니, 즉 인간이 살아 있는 한
모든 성공에는 어떤 재앙이 뒤따르리라.

답송 2

희망이 높이 뛰어오르며, 수많은 인간에게
희망이 위로와 위안을 선사하도다.
그러나 어떤 이들에게는 헛된 환상일 뿐이니.
순식간에 파멸에 이르는구나,
아무것도 모르고
뜨거운 불 위를 걸을 때처럼.
오래전 어느 현자가
격언을 통해 말하길,

신이 언젠가 파멸시킬 인간에게,

악은 선한 모습으로 등장할 터이니,

모두가 인간의 왜곡된 판단 탓으로

그런 인간은 곧이어 치명적인 재앙을 맞게 되리라.

코러스 보십시오, 하이몬이 왔습니다. 그대의 막내입니다.

안티고네 때문에 애통해하는 듯합니다.

크레온 곧 알게 되겠지, 예언자를 통해 전해 듣는 것보다야 낫겠
지.

(하이몬 등장)

내 아들아,

아비에게 노해서 나타난 이유가 죽어야 할 네 신부

때문은 아니겠지? 아니, 내가 어떤 처분을 내리든

너는 내 충직한 아들로 남아 있겠느냐?

하이몬 아버지, 전 아버지 아들입니다. 현명한 판단으로

절 다스려 주시고, 저도 항상 그 판단에

따르기를 바라옵니다. 어떤 결혼도

아버지의 선정(善政)보다 훌륭한 상은 없을 것이옵니다.

크레온 아들아, 아비가 이끄는 모든 일에서

늘 그렇게 단호하기를 바란다.

그래서 남자들은 자식들이 순종적이길 바라고,

제 아비의 적에게는 원수를 갚고,

사랑하는 사람에게는 영광으로 보답하게

해달라고 기도하는 거란다.

아무 소용없는 자식을 낳은 자는 화를 자초하여,

적의 웃음거리가 되지 않느냐.

그러니 한 여인네에게서 얻는 쾌락으로

판단을 흐리지 않도록 하라.

이를 명심하고도 사악한 부인과 같은 집에 산다면,

침실에서 달갑지 않은 위로를 얻게 될 것이다.

집안에서 일어나는 배반만큼 깊은 상처가 있겠느냐?

그러니 이 계집을 원수로 생각하라. 침을 뱉고,

저 아래 지옥에서 제 남편을 찾게 하라!

도시 전체에서 내 말을 거역한 자는 저 계집뿐이다.

거짓말을 하지는 않겠다.

내가 저 계집을 잡아두었으며, 내가 죽일 것이다.

성스러운 친족*에게 찬가를 바치게 돼라.

집안에서 반란을 키운다면,

문밖에도 반란자가 가득할 게 분명하다.

제 집안 하나 제대로 다스리지 못하는 자가

어찌 도시를 올바르게 통치하겠느냐.

법을 무너뜨리거나 위반하고,

군주를 호령하려는 자는

———

* 가족의 신 제우스를 말함.

결코 용납하지 않을 것이다.

합법적인 권위는, 작든 크든, 정당하든 부당하든

모든 일에 마땅히 그 권위가 지켜져야 한다.

그리 행하는 자는 지휘관이나 부하로서

내 신임을 얻을 것이다. 휘몰아치는 전투에서

내 곁에 있는 자는 제자리를 지킬 것이고,

나를 무방비 상태로는 남겨두지 않을 것이다.

그러나 거역보다 더 무시무시한 저주는 없느니라.

저주는 도시를 파괴하며,

인간을 따뜻한 가정에서 몰아내며,

전장에서 갑작스런 공포를 야기한다.

모든 일이 순조롭게 진행되는 건

모두 복종 덕분이도다.

따라서 마땅히 법을 옹호해야지, 여인네에게

무릎을 꿇어서는 안 된다.

여인네의 제물로 불리기보다는

차라리 남자에게 쓰러지는 게 훨씬 낫도다.

코러스　세월에 저희의 분별력이 쇠하지 않았다면,

모두가 참으로 사려 깊은 말씀입니다.

하이몬　아버지, 저희의 지혜는 신들이 내리신 것이며,

이보다 더 소중한 선물은 없습니다.

아버지께서 틀렸다고 하지는 않겠습니다.

어떤 다른 권능이 아버지를 틀렸다고 힐난한다 해도,

그런 무례함을 따르지도 않을 것입니다. 그러나
아버지의 아들로서, 제가 다른 자들의 말이나 행동,
혹은 아버지를 향한 책망을 살피는 연유는
일반 백성들이 아버지 모습을 얼핏만 봐도
등골을 오싹해 하기 때문입니다.
그래서 백성들은 아버지 면전에서는 아버지 귀에
거슬리는 말은 입에 담지도 않는 겁니다.
이 도시의 백성들 모두 이 여자에 대해
얼마나 슬퍼하는지 제겐 너무도 잘 들립니다.
백성들은 '어떤 여자도 저렇게 명예로운 행동으로
저렇게 부당한 처벌을 받은 적은 없어.
제 친오빠가 전사하자 그의 시신이
개나 맹금의 먹이가 되도록 그냥 놔두지 않은 거야.
금관을 써도 부끄럽지 않은 행동이 아닌가?'라고들 합니다.
온 천지에서 그렇게들 소곤거리고 있습니다.
아버지, 제게 아버지의 번성보다 소중한 보물은 없습니다.
어떤 아들도 제 아비의 명예보다 더 소중한
보물은 없으며, 그 아비도 자식의 명예보다
더 소중한 보물은 없을 것입니다.
그러나 아버지 말씀 이외에 다른 어떤 말도
옳지 않다는 이 한 가지 생각에는 사로잡히지 마십시오.
자신만이 현명하다고 여기며, 말을 하거나 조언할 때도
자신만이 최고라고 생각하는 사람은

텅 빈 강정일 뿐입니다. 아무리 현명해도,

더욱더 배우고 익혀 물러설 때를 아는 것은

결코 수치가 아닙니다.

급류 옆에서 자라는 나무들이 어떻게

제 몸을 굽혀 가지들을 지켜내는지 살펴보십시오.

굽히지 않은 나무들은 뿌리와 가지 모두 갈가리 찢길 뿐입

　　니다.

배의 선장 역시 마찬가지이옵니다. 폭풍이 부는데도,

돛을 접지 않고 그냥 내버려둔다면,

그 항해는 배의 전복으로 끝나고 말 것입니다.

이제 분노를 삭이시고, 다른 이들의 말에 귀를 기울이십시오.

아직 젊은 자가 지각 있는 말을 한다면,

상황 판단이 뛰어난 가장 이로운 자이며,

다른 사람의 지혜를 빌려 득을 보는 자는

그다음으로 이로운 자라 말씀드립니다.

코러스　왕이시여, 어리석은 말이 아닙니다.

두 분이 서로에게서 지혜를 배우셔도 좋겠습니다.

크레온　뭐라고? 우리 같은 노인네더러 젊은 놈에게

다시 배우라는 거냐?

하이몬　배울 게 있다면 그래야 합니다. 전 젊습니다.

하지만 나이보다는 제가 해야 할 일을 먼저 고려합니다.

크레온　해야 할 일이라! 거역을 경배하는 것!

하이몬　죄인들을 경배하라는 뜻이 아닙니다.

크레온 그렇다면 이 계집은 죄인이 아니더냐?

하이몬 도시 전체가 한목소리로 그렇지 않다고 합니다.

크레온 그렇다면 내가 백성들의 허락을 받아 명을 내려야 하느냐?

하이몬 젊은이의 생각을 어리석다고 한다면, 이런 처분은 철없는 짓이나 다름없습니다.

크레온 나 자신이 아닌, 백성을 위한 통치가 아니더냐?

하이몬 그건 통치가 아니라, 폭정이옵니다.

크레온 왕은 군주요, 자기가 다스리는 도시의 주인이다.

하이몬 차라리 황폐한 섬을 통치하십시오!

크레온 이놈이 저 계집의 편을 드는 게로구나.

하이몬 아버지께서 저 여자라면, 좋습니다! 아버지를 위해 싸우겠습니다.

크레온 나쁜 놈! 아비의 뜻을 거역하느냐?

하이몬 아버지께서 정의를 거역하고 계시기 때문일 뿐입니다.

크레온 나의 특권이 뭔지 따져보라는 것이냐?

하이몬 신에 대한 거역은 아버지 자신을 거역하는 것이나 마찬가지입니다.

크레온 한심한 놈, 계집 따위에 굴복하다니!

하이몬 하지만 수치스러운 일에 굴복하는 건 아닙니다.

크레온 말끝마다 저 계집을 싸고도는구나.

하이몬 저 자신과 아버님, 그리고 신들을 옹호하는 겁니다.

크레온 내 눈에 흙이 들어가지 않는 한, 저 계집과는 결혼하지 못

할 것이다.

하이몬 결국, 저 여자는 죽어야 하고…… 혼자 죽지는 않을 겁니다.

크레온 뭐? 날 협박하느냐? 참으로 오만불손하구나!

하이몬 우문에 대한 답이 된다면, 협박이 아니지요.

크레온 어리석은 놈이 날 가르치려 들다니! 대가를 치르리라.

하이몬 아버지께서 제 친아버지가 아니었다면, 미쳤다고 했을 겁니다.

크레온 계집의 노리개 따위가 지껄이는 소리는 더는 듣지 않겠다.

하이몬 그렇게 혼자 말씀하시고선 대답은 아니 들으시렵니까?

크레온 왜 어떠냐? 신에 맹세코,

말대답도 후회도 뻥끗하지 못하게 해주마.

혐오스러운 저 계집을 끌어내라.

남편이 보는 앞에서 즉시 처형하겠다.

하이몬 어떻게 그러실 수 있습니까? 그런 장면을 제 눈으로

보지 않겠습니다. 다시는 제 얼굴도 보시지 못할 겁니다.

아버지의 불같은 광기를 감당할 능력이 되거나

그래야 하는 친구분들은 참아야겠지만, 전 참지 않겠습니다.

(하이몬 퇴장)

코러스 왕이시여! 아드님이 격분했나이다. 젊은 사람들은

심한 상처를 받으면, 자포자기하고 마나이다.

크레온 그렇다면 자만과 어리석음에 놀아나도록 그냥 둬라!

이년들을 죽음에서 결코 구해내지는 못할 것이다.

코러스 두 자매를 모두 죽일 생각이십니까?

크레온 죄에 가담하지 않은 년은 제외한다. 알려줘서 고맙구나.

코러스 그러면 그 언니는 어떻게 죽이시렵니까?

크레온 인적 없는 동굴 속에 산 채로 집어넣어라.

음식도 잔뜩 넣어주어라. 그 이상은 없다.

그렇게 하면 테베를 감싸고 있는

더러움도 저주도 비껴가리라.

죽음의 신께 기도하게 둬라.

자기가 떠받드는 유일한 신에게 죽음에서 구해달라고 빌던
    지,

아니면 장사를 치른 일이 얼마나 어리석은 짓인지

뒤늦게라도 깨닫겠지.

(크레온은 무대에 남아 있다)

송가

코러스 (노래한다) 꺾을 수도, 달랠 수도 없는 사랑이여, 아

사랑은, 온갖 부(富)를 파괴하고,

온밤을 하얗게 지새우게 하며,

아가씨의 부드러운 뺨 위에 머무르는구나.

바다도 소용없고,

산도 쓸모없는, 사랑의 도피여.

사랑의 손아귀에서 빠져나온 이는 이제껏 없었도다.

인간도, 불멸의 신도. 사랑에 잡힌

포로는 광기에 사로잡힌 셈이구나.

답송

사랑에 끌리면, 정의로운 자의 마음도

뒤틀리어, 부당하게 된다네.

바로 그렇게 사랑이 불러일으켰지

아들과 아비 사이의 이런 갈등을.

신부의 다정한 눈에서 타오르는 사랑의

빛이 승리하네, 사랑이 거대한 권세인

그의 옥좌에 자리하는구나.

달리 누구도 무적의 아프로디테를

물리칠 방도가 없도다.

(안티고네가 호위를 받으며 등장)

〔여기부터 987행까지는 모두 노래로 불리며, 883~928행은 예외〕

코러스 이 장면을 본 순간 나도 나 자신을 주체하기 힘들구나.

봇물처럼 터져 흐르는 눈물을 억누를 수 없도다.

보아라, 저들이 여기로 안티고네를 끌고 왔나니,

모두가 떠나야 하는 운명의 여정에 올라

적막한 하데스[*]의 나라로 향하는구나.

송가 1

안티고네　절 살펴주소서, 아, 내 고향 도시의 원로들이여!

　　　이제 내 마지막 여정을 떠나니

　　　이제 보는 태양은

　　　내가 보게 될 마지막 태양이로구나.

　　　결코, 다시는 못 보리라!

　　　죽음은 모든 이를 잠재우고,

　　　음침한 아케론 강^{**} 가로 나를 산 채로 끌고 가네.

　　　혼인날도 이제는 나의 날이 아니며,

　　　어떤 찬가도 내 결혼을 기리기 위해

　　　울리지 않으리라. 나는 죽으면

　　　나의 신랑 곁으로 가리니.

코러스　그러나 영광스런 죽음, 드높은 명예는

　　　너의 것이니. 말이 없는 무덤에 들어가는 그대는

　　　질병에 쇠약해져서도 아니고,

　　　예리한 검에 빚을 갚는 일도 아니도다.

　　　필멸의 인간 가운데 그대만이 목숨이 붙은 채

　　　죽은 자의 집으로 가는구나.

---

[*]　죽음의 나라.

^{**}　하데스에 있는 강.

답송 1

안티고네   저들이 그녀가 얼마나 끔찍하게 죽었는지 얘기하는구나.

테베의 여왕 니오베가.

담쟁이덩굴이 나무 위로 자라 오르며

숨통을 조여오자, 여왕은 프리지아 산꼭대기에서

서서히 돌로 변했도다.

이제는 폭풍우에 씻겨 사라졌다고,

이야기는 전하네.

그리고 하얀 눈이 변함없이 매달리고

슬피 우는 그녀의 눈에서 눈물이 떨어지네,

언제까지나. 그녀의 죽음처럼

잔인한 죽음이 이제는 나를 기다리네.

코러스   그러나 그녀는 여신이었고, 신들에게서 태어났도다.

우리는 필멸의 인간이며, 인간의 자손일 뿐.

신과 같은 죽음을 맞이한 인간이기에

그녀는 살아서도 명성을 얻고

죽어서도 오래도록 영광을 누리리라.

송가 2

안티고네   아아, 저들이 비웃는구나! 내 고향 도시 테베의 신들의
　　　이름을 걸고,

비웃어라. 꼭 그래야 한다면, 내가 가고 없을 때,

내가 보지 않는 곳에서!

오, 테베 나의 도시여. 아, 오만한 그대 테베 사람들이여!

아, 디르케 강물이여! 마차가 내달리는 성스러운 땅이여!

그대, 그대에게 내가 청하노니, 그대, 그대가 증명하라.

어찌하여 옆에 슬퍼할 친구들이 없었는지, 그 어떤 무서운
    칙령으로,

저들이 날 영원히 내 무덤이 될 동굴로 보냈는지를.

아, 잔인한 운명이여! 땅에서 추방되고, 죽은 자들 사이에서도

환영받지 못한 채, 홀로 버려졌구나, 영원히!

코러스　너무 대담하고, 너무 무모하게, 정의를 모욕했도다.

이제 무시무시한 힘이 끔찍한 복수를 하는구나,

아, 내 자식아.

과거에 저질러진 죄의 대가를 네가 치르는구나.

답송 2

안티고네　내 아버지의 죄로구나! 내 모든 고통에는 원인이 있었
    구나.

내 아버지에게 닥쳤던 가혹한 운명! 가혹한 운명이

라브다쿠스*의 명가(名家)를 순식간에 덮쳤도다!

아, 내 아버지와 내 어머니의 결혼으로 인한 맹목적 광기여!

아, 아들과 제 어미의 저주받은 혼인이여!

바로 그들로부터 내 불행한 삶이 시작되더니,

---

*　오이디푸스의 친조부.

이제 결혼도 못하고 저주받은 채 그들과 함께 살게 되었구나.

아, 오빠, 사악한 결혼으로 죽임을 당한 폴리네이케스,

나는 살아 있지만, 오빠의 죽은 손이 날 파멸하는구나.

코러스   드높은 절개는 성스러운 기질이로다.

그러나 권위를 쥔 자는 그 누구도

거역을 용납하지 않는단다, 오, 나의 자식아.

너의 아집 센 긍지가 너의 파멸이었구나.

종막(終幕)

안티고네   옆에서 슬퍼하는 이도 없고, 결혼도 못한 채,

친구도 없이 홀로, 무자비하게 이용당한 후,

이제 저들이 나를 죽음으로 끌고 가는구나.

결코, 다시는, 하늘에 떠 있는 그대 태양이여,

아, 그대의 성스러운 광채를 바라보지 못하는구나!

나의 운명이 그럴진대, 누구 하나 애통해하는 이가 없구나.

날 애도할 친구 하나 여기 없도다.

크레온   (말한다) 그것으로 충분하다! 눈물과 한탄으로

죽음을 피할 도리가 있다면 영원히 그렇게 할 것이다.

즉시 저년을 끌고 가, 내 명령대로 동굴 속에 가두고

그곳에서 외롭게 지내도록 홀로 남겨둬라.

그곳이 이제 곧 자신의 무덤이 될 것이다.

그곳에서 살든 죽든, 스스로 선택하게 하라.

그러니 내 책임은 아니도다.

이제 더는 살아 있는 사람들 속에서 살지 못할 것이다.

안티고네   (말한다) 아 무덤이여, 나의 신방(新房)이

바위 속 영원한 감옥이구나. 이제 나는 가야 하네,

내 가족과 죽어서 페르세포네*에게

귀향 환영을 받은 자들을 만나러 가야 하네.

그리고 이제 이렇게나 젊은 나에게, 마지막으로,

죽음이 저리도 잔혹하게 다가오는구나.

그래도 아버지, 그리고 당신, 나의 어머니,

그리고 당신, 나의 오빠 에테오클레스,

그대들의 환영을 받으리라는 확신 속에 나는 갑니다.

당신들이 죽었을 때, 내 손으로 직접 시신을 닦아

옷을 입히고, 무덤에 누이고

마지막 헌주(獻酒)를 따랐는데.

이젠 오빠 폴리네이케스의 장사를 치렀다는 이유로

저들이 내게 이렇게 보답하는구나!

그러나 내가 했던 행동을, 현자들은 모두 인정해줄 것이다.

아들을 잃었어도, 남편을 잃었어도

도시의 뜻을 거역하는 행동은 감히 하지 않았을 것이다.

어찌 그렇게 할 수 있는가? 남편이 죽었다면

새로운 남편을 얻으면 될 일이고, 아들을 잃었다면

남편에게서 새 아들을 얻으면 될 일이니.

---

*   저승의 여신.

그러나 내 어머니와 내 아버지가 함께 무덤으로

떠난 이후로는 내 오빠라 부를 이가 아무도 없었도다.

그래서 사랑하는 폴리네이케스를 기리었건만,

크레온 왕의 눈에는 그렇게 방자하고

중대한 거역으로 보였구나.

그래서 무례한 손으로 나를 죽음으로 끌어당기는구나.

결혼 찬가도 불리지 않고, 신부의 환희도 없이,

아이들의 부드러운 보살핌도 나의 것이 아니네.

그저 버림받은 자처럼, 친구도 없이

저들이 죽음의 동굴 집으로 날 끌고 가는구나.

내가 신의 어떤 명령을 어긴 걸까?

왜 계속해서 하늘에 도움을 청하고, 사람들 속에서

친구를 찾아야 하는 걸까?

신이 허락한 일이라면, 그렇다면

죽고 나면, 내 잘못을 알게 되겠지.

저들에게 죄가 있다면, 이렇게 마구잡이로 가해진

나의 죽음과 전혀 다를 바 없는 죽임을 당하게 하소서!

코러스 예전과 같은 곳에서 전처럼 사납게 불어오는 거센 바람이
그녀의 고집스러운 영혼을 뒤흔드는구나.

크레온 결국, 이런 자들은 쓰디쓴 맛을 보고 나서야 잘못을 깨닫고
통탄하게 되리라.

코러스 이런 말들이 우리의 죽음을 재촉할까 두렵습니다.

크레온 할 말도, 해줄 위로의 말도 전혀 없구나.

형벌은 내려졌고, 여기가 끝이도다.

안티고네   아, 내 아버지들이 사셨던 테베여

아, 내 가문의 신들이여

이제야 결국 저들이 내 위에 손을 얹었도다!

그대 테베의 왕자들이여, 아 나를 쳐다보라,

마지막 남은 왕가의 자손이다!

불경한 자들이 그토록 잔인하게 나를 이용한 건

성스러운 법을 수호하기 위함이구나.

(안티고네가 호위를 받으며 퇴장하고 크레온은 남아 있다)

송가 1

코러스   먼 옛날 탑 안의 무덤 같은 방에 갇혔던 자가 있었도다.

아름다운 다나에*, 그녀는

어둠 속에 갇힌 채, 다시는 맑디맑은 햇빛을 못 보았네.

그러나 그녀 역시 오랜 가문의 자손으로,

황금이 소나기처럼 퍼붓는 가운데 신의 씨앗을 맡았도다.

신비롭고, 위압적인 게 운명의 힘이도다.

이런 운명으로부터, 어떤 재산도 무력도

굳세게 둘러싼 성벽도

폭풍에 흔들리는 배도 구원을 베풀지는 못하는구나.

---

* 아르고스의 공주.

답송 1

옥죄는 굴레는 디오니소스가 내린 명으로

광분한 자가 그의 신성을 부인했기 때문이라네.

리쿠르고스*는 자기 죄의 죗값으로 동굴에 갇혔도다.

그의 광기는 그렇게 쓰디쓴 열매를 맺고,

지하 감옥에서 시들어갔다. 그래서 그가 깨달았던 건,

눈먼 자신이 감히 악담하고 조롱한 상대가 바로 신이었다는

　　사실.

신성한 춤을 추어

바쿠스의 잔치를 진압하고, 끝내려 했던 노력은

선율이 감미로운 뮤즈 모두를 언짢게 했구나.

송가 2

바위 옆 도시는 바다가 서로 맞닿은 곳으로,

검은 두 바위 옆으로는 보스포루스 해협,

살미데수스의 트라키아 해안가에

쫓겨난 어느 아내**가 꼼짝없이 갇혀 있다네.

잔인한 원수로부터 눈을 멀게 하는 가격이

그녀의 자식들에게 떨어졌도다.

방추(紡錘)를 들어 빤히 뜬 눈을

---

*　트라키아의 왕.

**　살미데수스의 왕인 피네우스의 아내 클레오파트라.

피 묻은 예리한 끝으로 피네우스의 두 아들에게
어둠을 내리치니 복수를 다짐하며 절규했도다.

답송 2

가혹한 슬픔과 절망 속에서 그들은 저주받은 결혼을 한 어
　미의
자식으로 태어난, 자신들의 불행한 운명을 한탄했다.
그러나 그녀는 선조 왕들*의 혈통으로 태어났고,
그녀의 아비는 신들의 자식이었다.
머나먼 나라**에서,
부친의 냉혹한 폭풍을 맞고 자란,
보레아스***의 후예인 그녀는, 말처럼 날렵하게,
우뚝 솟은 산들을 넘어갔다. 그러나 그녀조차 질긴 운명 앞
　에서는
무사하지 못했구나, 내 딸아.

(테이레시아스가 소년에 이끌려 등장)

테이레시아스　왕이시여, 함께한 여행에서 이 아이의
　두 눈이 두 사람 몫을 했나이다. 앞 못 보는 자가

---

* 　초기 아테네의 왕 에레크테우스의 자손.

** 　트라키아.

*** 　북풍의 신.

멀리 외국을 돌아다니면 안내할 자가 필요한 법이지요.

크레온　아니, 이게 무슨 일이냐? 자네가 여기 웬일이냐, 테이레
　　시아스?

테이레시아스　아뢰겠으니, 잘 들어보십시오.

크레온　내 항상 자네의 충고를 따르지 않았느냐?

테이레시아스　그러셨지요. 그래서 지금껏 무사하셨지요.

크레온　그대의 지혜를 빌린 경우가 많았도다.

테이레시아스　그럼 생각해보십시오. 다시 칼날을 밟고 계신 건 아
　　닌가요?

크레온　소름 돋는 소리로구나! 무슨 말이냐?

테이레시아스　점괘에 나온 대로 고하겠나이다. 오래전부터
　　제가 징조를 보러 가던 자리에 온갖 새들이 모여 있었습니
　　다.
　　그곳에 앉았더니, 낯설고 기괴한 소리가 들렸습니다.
　　격분한 새들이 질러대는 날카로운 소리였습니다.
　　새들이 서로 죽일 듯 발톱으로 물어뜯고, 날개도 그 못지않게
　　퍼덕이는 걸 보니, 겁이 털컥 났습니다.
　　그래서 제단에 불을 활활 지피고 제물을 바쳤습니다.
　　헌데 제물에 불이 붙지 않았습니다.
　　기름이 녹아 불잉걸 위로 새어나와
　　연기가 나고 부글거렸습니다.
　　방광에서는 담즙이 공중 위로 높이 솟구쳤고,
　　기름진 살점이 미끄러지듯 떨어져나간

뼈들만이 앙상하게 남았습니다.

그런 귀신이 곡하고, 불분명한 징조를,

제가 다른 이들을 이끌듯 절 이끄는 분으로부터

배워 익히 알고 있었습니다.

역병이 저희에게 닥쳐왔는데, 그 원인은

바로 왕이시옵니다. 우리 제단도 성스러운 화로도

모두 더러워졌나니 개와 새들이

쓰러진 폴리네이케스의 시신을 게걸스레 먹고 있는

탓이옵니다. 하늘도 우리의 기도에 응하지 않고,

불길도 우리 제물을 태우지 않으며,

새는 맑은 소리를 내려 하지 않는 건,

그 모두에 인간의 피가 넘치기 때문입니다.

경고를 받은 것이오, 내 아들이여.

살아 있는 어떤 사람도 잘못에서 벗어날 수 없는 법이지만,

현명하고 신중한 자는 사악한 길에 빠져도

고집을 피우지 않고, 바로잡을 방도를 찾으려고 합니다.

그러니 어리석은 자가 바로 고집을 피우는 자인 셈입니다.

죽은 자에게 양보하고, 쓰러진 자를 공격하고

죽은 자를 죽이는 짓을 참는 것이 용기 있는 행동 아니겠습
니까?

주군의 선행이 제가 찾던 해답이니, 지혜에서 나온

최선의 가르침을 따르면, 득이 될 것입니다.

크레온 경을 비롯한 그대들 모두, 과녁을 겨냥한 궁수 같구려.

화살을 날 향해 쏘시오. 이제 저들이 예언자들까지

동원해 날 공격하는구나! 그런 족속들이

날 사고팔고 싶고 떠미는구나.

가서 네 이익을 거두고, 장사나 해라,

리디아의 은이나 인도산 금으로.

그러나 그를 무덤에 묻지는 못하리라,

아니, 제우스의 독수리가 시체를 먹고

그 썩은 고기를 주인의 옥좌로 가져간다 해도 안 된다.

그 더러움이 두려워 그의 매장을 용납하지 않는 것이 아니다.

저 필멸의 인간이 신을 더럽혀선 안 된다는 걸

내 잘 알기 때문이니라. 그러나 고령의 테이레시아스여,

가장 영리하다는 작자들도 몇 푼을 손에 넣으려 감언이설로

자신의 악행을 감추고 추접스레 몰락하지 않느냐.

테이레시아스   사람은 누구나 반성하고, 알며…….

크레온   뭘 안다고? 도대체 왜 그렇게 설교하는 건가?

테이레시아스   좋은 충고가 가장 큰 축복 아니겠습니까?

크레온   어리석음이 역병인 것과 마찬가지겠지.

테이레시아스   그러나 이런 역병에 걸린 자가 바로 왕 자신입니다.

크레온   예언자와는 언쟁하지 않겠다.

테이레시아스   그러시면서 제 예언을 왜 거짓이라 하십니까!

크레온   예언자들이란 늘 황금에 사족을 못 쓰는 자들이지.

테이레시아스   그리고 폭군들은, 수치스럽게도 권력 남용에 사족을
못 쓰지요.

크레온　네가 입에 올리는 자가 너의 왕임을 알고 있느냐?

테이레시아스　제가 구사일생으로 구해낸 이 땅의 왕이시지요.

크레온　명민한 예언자로다. 허나 사악한 점쟁이이기도 하지.

테이레시아스　어두운 비밀을 다시 떠올리게 하시는군요.

크레온　떠올려봐라. 하지만 돈 때문에 하지는 마라.

테이레시아스　제가 그따위 것 때문에 왔다고 생각하십니까?

크레온　나의 방침은 사거나 파는 대상이 아니니라.

테이레시아스　그렇다면 들어보시오. 왕께서는 달리는 태양의 일
　　　주가

　　몇 차례 지나기도 전에 돌아가실 것이오.

　　그대의 자식이 살인의 대가를, 죽음의 대가를

　　죽음으로 보상하기 전에는 말입니다.

　　왕께서 땅 위를 걸어야 할 자를 땅속으로 밀어 넣고,

　　살아 있는 영혼을 치욕스럽게

　　무덤 속에 머물도록 했기 때문이오.

　　그리고 그대도 아니고 천상의 신도 아닌

　　저승의 신들에게 속한 자를,

　　훼손하여 매장도 않고 저주하여 불경스레

　　땅 위에 그대로 버려두고 있기 때문입니다.

　　따라서 저승의 신들이 복수의 여신들을 불러일으켜,

　　그대가 걷는 길가에 숨어 있다가

　　그대를 함정에 빠트려 죗값을 치르게 할 것이오.

　　이제 생각해보시오. 내가 돈 때문에 이런 말을 하겠소?

몇 시간도 지나지 않아 그대의 거처에서

남녀의 통곡 소리가 크게 울릴 것이오.

왕에 대한 증오가 여러 도시로 퍼져나갈 것이니,

도시의 훼손된 아들들의 장사를 개나 맹금이 치르고,

그 날개에 실어 죽은 자의 오염된 살점이

집으로 돌아가면 가정과 제단이

더러워질 것이오. 이런 일들은

나의 화를 돋운 그대를 향해 쏜 나의 화살이오.

내 과녁이 빗나가진 않을 것이고, 그대 또한

화살의 고통에서 벗어나지 못하리라.

애야, 날 다시 집으로 데려가다오.

왕께서 더 젊은 자에게 분통을 터뜨리다

난폭한 말투를 누그러뜨리는 법을 깨닫고

지금보다 이해심이 많아지도록 말이다.

(테이레시아스와 소년 퇴장)

코러스 저, 왕이시여, 그가 떠났나이다. 파멸을 면치 못하리라는

예언만 남기고 갔나이다. 제가 나이는 많아도

이것 하나만은 확신하옵니다. 테베에 관한 그의 예언 가운데

이루어지지 않은 예언은 하나도 없나이다.

크레온 나도 알고 있다. 그래서 두렵구나.

굴하는 일도 매우 어렵지만, 거역하여

재앙을 당하는 일은 훨씬 더 어렵구나.

코러스 크레온이시여, 이제 올바른 결정을 내리실 때입니다.

크레온 어떻게 해야 하겠느냐? 말해보아라, 들어보겠다.

코러스 안티고네를 바위굴에서 풀어주소서.

그리고 매장하지 않은 시신을 땅에 묻으소서.

크레온 그게 자네가 하는 조언이더냐? 나보고 굴복하라고?

코러스 그렇습니다, 그것도 신속하게 하셔야 합니다. 파멸의 천
수(天手)는

순식간에 인간의 잘못을 벌하는 법입니다.

크레온 참으로 어렵구나! 더구나 필연성의 여신*과

대항할 수도 없고, 항복해야겠구나.

코러스 어서 가서서 그렇게 하십시오. 다른 자들에게 맡길 일이
아니옵니다.

크레온 그럼 바로 가겠다. 여기, 그리고 안에 있는

병사들은 당장 산기슭으로 올라가,

각자 맡은 임무를 수행하라.

내 결심이 바뀌었으니, 그녀를 투옥했던 내가

직접 그녀를 풀어줄 것이다.

제정된 법을 일평생 지켜가는 게

가장 현명한 일이 아닐까 두렵구나.

---

* 절대적이며 피할 수 없는 여신 아난케.

(크레온과 파수병들 퇴장)

송가 1

코러스　(노래한다) 그대 정령(精靈)은 이름을 여럿 지닌

　　디오니소스,

　　떠들썩한 뇌신(雷神) 제우스에게서 태어났으며,

　　그대 테베의 어머니—요정*의 기쁨이오,

　　명성 자자한 이탈리아의 연인이라.

　　왕인 그대는 혼잡한 성지에 있으니

　　그곳에 데메테르가 머문다네,

　　아, 바쿠스여! 여기가 그대 모친의 거처이고

　　여기가 그대의 거처이니,

　　옆으로는 부드러운 이스메네스 강**이 흐르는,

　　여기가 야만스런 용의 이빨에서

　　자손이 태어난 곳이로다.

답송 1

　　그대는 횃불의 자욱한 연기 속에서

　　요정들에게 나타나고,

　　그곳 파르나소스***의 정상에서,

---

* 카드모스의 딸 세멜레로 제우스 사이에서 디오니소스를 낳음.

** 이스메네의 이름을 딴 테베의 동쪽으로 흐르는 강.

*** 아폴로 신전의 신탁이 있는 그리스의 산.

저들은 카스탈리아 샘에서 가까운

그대에게 경의를 표하는 주연을 베푸는구나.

그대는 담쟁이가 뒤덮인 뉘사 산의 비탈로부터 등장하고,

포도밭에는 주렁주렁 달린 포도가 빽빽하도다.

신비로운 목소리들이 외치네, 오 바쿠스여!

오 바쿠스여!

테베의 도로와 길 전역에 울려 퍼지도다.

송가 2

여기가 그대가 선택한 집이라네,

모든 섬보다 높은 테베에서,

그대의 어머니, 제우스의 신부와 함께.

그래서 더러움이 우리 모든

백성을 부여잡은 이후,

아, 카타르시스*가 빠르게 건너오는구나,

높은 파르나소스 장벽과 거친 유리포스 해협을 건너.

답송 2

별들은 불길을 내뱉으며 움직이고,

춤을 추며 그대에게 경의를 표하고,

목소리들은 밤이면 그대를 향해 울부짖도다.

---

* 치유 역할로의 디오니소스.

제우스가 낳은 아들이 나타나도다!

어서 오시오, 왕이여, 그대와 함께하는 이들과 더불어,

그대의 요정들은 밤새도록 거친 춤을 추어 그대를 경배하네,

풍요의 신 디오니소스여!

(전령 등장)

전령 그대 테베의 귀족들이여, 아슬아슬한 인간의

운명이여! 위대한 자가 무너지고,

하찮은 자가 일어날 운이 보이니,

믿음이든 절망이든 무엇 하나 확고한 게 없소이다.

누구도 다가오는 일을 예언하지 못하는구나.

한 시간 전만 해도 크레온을 그렇게도 부러워했건만!

테베를 구했던 그분에게 우리가 왕권을 부여했소.

그리하여 이 땅을 다스리고,

아드님이신 고귀한 왕자가 힘을 보태셨다.

이제 모든 것이 사라지니, 기쁨도 빼앗기고 목숨도 빼앗긴

왕께서는 이제 숨만 붙어 있는 시체와 다름없도다.

그대가 원한다면 궁전에 있는 보물을 거두어

왕족의 위용을 두르시오.

그래도 그대가 정녕 행복하지 않다면,

기쁨에 비하면 하잘 것 없는 그 모든 것을 지푸라기만큼도

  베풀지 않으리라.

코러스 자네가 가져온 그 막중한 소식이 대체 무엇이오?

전령 죽음이오! 사람을 죽인 죄가 살아 있는 자에게 머물러 있소.

코러스 죽음? 누가 죽었소? 누가 죽였소? 말해보시오.

전령 하이몬이 죽었소. 그것도 전혀 낯설지 않은 자의 손에.

크레온 아버지 손에? 아니면 자신의 손이었소?

전령 저 자신의 손에. 아버지를 향한 분노를 어쩌지 못하고.

코러스 하릴없는 예언을 한 게 아니었구려, 테이레시아스!

전령 그게 내가 가져온 소식이라오. 다음은 그대에게 달렸소.

코러스 하지만 보시오! 에우리디케 왕비가 저기 계시오. 궁에서
　　　　 오시는구려.

　　　　 아드님 소식을 들으신 걸까, 아니면 우연히 오신 것일까?

(에우리디케 등장)

에우리디케 그대 테베의 시민들이여, 성문에 서 있다
　　　　 우연히 들었다오. 팔라스* 신전에 제물을 바치려고
　　　　 오던 길이라오. 성문의 빗장을 잡고 당기는 순간
　　　　 죽음을 입에 올린 목소리가
　　　　 바로 내 귓속에 들렸소.
　　　　 공포에 지려 시종의 품에 쓰러져 잠시 정신을 잃었다오.
　　　　 그러나 다시 말씀해주시오.

─────────
* 아테네 여신의 호칭.

이젠 들어도 괜찮소. 나쁜 소식을

한두 번 접해본 사람도 아니잖소.

전령 왕비님, 제가 그곳에 있었으니 사실대로

전하겠습니다. 감추지 않겠습니다.

제가 거짓을 전할 이유가 뭐가 있겠습니까? 다른 사람이

전한 말을 듣게 되시면, 제가 거짓을 아뢴 것처럼 보일 것

　입니다.

하지만 언제나 진실이 최선이지요.

제가 크레온 왕을 모시고

언덕 위로 올라갔습니다.

돌보는 이가 없는 폴리네이케스의 시체가 짐승에

찢긴 채 버려져 있는 곳이지요.

우리는 성스러이 시신을 씻기고,

헤카테*와 하데스**에게 분노를 거두고

자비를 베풀어달라고 기도했습니다.

그런 다음, 나뭇가지를 약간 잘라, 조금이라도

남아 있는 시신을 화장하고,

타다 남은 유골 위로 흙더미를 쌓았습니다.

그러고는, 동굴로, 죽음의 집으로,

돌로 된 침대가 있는 신방으로 가는데,

---

* 천상, 지상, 지하 계를 다스리는 여신.

** 죽음과 지하 계를 다스리는 신.

우리 중 한 사람이 그 부정한 거처로부터

통한의 울부짖음을 듣고 크레온께 아뢰었습니다.

가까이 갈수록 절망의 통곡 소리가 바람에 실려 전해졌습니다.

크레온께서 고통스럽게 외쳤습니다.

"아, 나의 두려움이 현실로 나타났단 말인가?

내가 지금껏 걸어온 모든 여정 가운데, 이번 여정이

가장 비참하다는 말인가?

저건 나에게 인사하는 내 아들의 목소리다. 서둘러라.

동굴로 달려가라. 무덤에 닿으면,

크게 갈라진 돌 틈으로 몰래 들어가

그곳에 있는 자가 하이몬인지, 아니면 신들이

나를 속이고 있는 것인지 살펴보아라."

이런 간절한 명령을 받고 저희가 달려가 살펴보았습니다.

저 멀리 동떨어진 방 안에 아가씨가 죽은 채

매달려 있는 모습이 보였습니다.

드레스를 찢은 조각으로 밧줄을 삼았더군요.

하이몬이 죽은 아가씨의 시신을 껴안고

자신의 상실과 아버지의 행동 그리고 아가씨의 죽음에 통탄
  해 하고 있었습니다.

크레온께서 아드님을 보자 고통스레 울부짖으며

안으로 들어가 소리쳤습니다. "내 아들아! 내 아들아!

왜! 무슨 짓이냐? 뭣 때문에 이곳에 왔느냐!

이 광기가 웬 말이냐? 아들아, 아, 어서 나가라.

제발, 나의 간청이다!" 하이몬이 분노 어린 눈으로 노려보더니

그의 얼굴에 침을 뱉고

아무 말도 없이 양손 검*을 꺼내 찔렀지만,

크레온께서 옆으로 피하셔서 찌르지는 못했나이다.

그러자 회한에 찬 모습으로 검에 몸을 기대더니

검의 반을 몸속으로 찔러넣었습니다.

하지만 숨이 붙어 있는 동안에도

아가씨를 힘없는 팔로 부둥켜안고 있는 힘껏

자신의 생혈(生血)을 아가씨의 창백한 얼굴에 쏟아부었습니
　　다.

그렇게 나란히 누운 채, 두 분 다 죽었습니다.

이승에서가 아니라 저승에서 신부를 맞이하여,

어리석음이야말로 인간의 가장 큰 폐해임을

온 천하에 알리셨습니다.

(에우리디케 퇴장)

코러스　이 일을 어찌하랴. 왕비께서 가버리셨구나.

　　길조든 흉조든 한마디 말씀도 없이.

전령　대체 무슨 말이오? 어쨌든 왕비께서 남들 앞에서는

　　슬픔을 드러내지 않으려 했지만, 시녀들과 함께 있는

---

*　칼자루를 두 손으로 드는 검.

궁 안에서는 하이몬의 죽음에 대한

애통한 마음을 감추지 마셨으면 좋겠소이다.

참으로 신중한 분이니 적절치 않은 행동은

절대 하지 않을 것이오.

코러스 하기 힘든 말이지만, 차라리 절절히 애통해하는 게

이런 괴이한 침묵보다는 덜 불길할 듯하오.

전령 괴이한 일입니다. 뭔가 안 좋은 일이 있을 듯합니다.

제가 왕비를 따라가보겠습니다. 격하게 끓어오르는

심장에 어떤 비밀스러운 계획을 감추고 계실지도 모르지요.

(전령이 궁으로 퇴장)

코러스 (크게 외친다) 보라, 크레온께서 가까이 다가오시니, 그가

짊어진 짐이

바로 그가 저지른 짓이 무엇인지 증명하는구나.

원인은 오직 그의 분별없는 잘못이었도다.

(크레온과 파수병이 하이몬의 시체를 들고 입장)

송가 1

크레온 (노래한다) 아아!

그릇된 충고를 따라 저지른 나의 잘못된 행동들이여!

잔인한 죽음으로 값을 치르는구나.

그대 테베의 백성들이여 보라

죽인 자와 죽은 자를, 아버지와 아들을.

나 자신의 고집스러운 태도가 쓰디쓴 열매를 맺었구나.

아들아! 죽은 내 아들아! 그렇게도 빨리 내게서 찢겨나갔구나,

너무나 젊은데, 너무나 젊은데!

오로지 나의 잘못이지, 네 잘못은 아니로다. 아, 나의 아들아.

코러스 너무 뒤늦게, 너무 뒤늦게 지혜의 길을 보았구나.

크레온 (노래한다) 아아!

쓰라린 교훈을 배웠구나!

신이 있는 힘껏 달려들어

나를 잔인하게 내리쳤도다.

나의 즐거움이 뒤집히고 그의 발밑에서 짓밟혔다.

어떤 고통이 모든 인간을 이토록 괴롭히겠는가!

(전령이 궁에서 등장)

전령 왕이시여, 오실 때 슬픔의 짐도 함께 가져오셨군요.

왕의 가문에 또 다른 불행이 닥쳤나이다.

크레온 내 슬픔이 또 다른 슬픔으로 귀결되는 것이냐?

전령 아드님의 친모이신 왕비께서 죽었습니다.

슬픔을 못 이겨 칼로 심장을 찔렀나이다.

답송 1

크레온 (노래한다) 아아!

탐욕스럽고 채워지지도 않는, 그대 죽음의 암울한 손이여,

어찌 그렇게도 집요하느냐?

죽음의 목소리, 그대가,

그런 참담한 소식을 가져왔구나, 아, 그게 사실이냐?

네가 했던 말이 무엇이었더냐, 아들아? 아, 네가 죽은 자를
　　죽였구나.

말해봐라, 그게 사실이냐? 죽음이 죽음으로 끝났느냐?

내 아내! 내 아내여!

내 아들도 죽고, 이제 내 아내도 죽었구나!

(에우리디케의 시신이 모습을 드러낸다)

코러스 그러나 눈을 뜨시오. 생명 없는 왕비의 시신이 있소이다.

크레온 (노래한다) 아아!

여기 슬픔을 배가하는 슬픔이 있도다.

그 끝은 어디인가? 운명이 준비해둔 게 또 무엇일까?

죽은 아들을 아직 품에 안고 있는데

내 앞에 죽음을 맞은 이가 또 누워 있구나.

아아, 그 어머니에 그 아들의 잔인한 운명이여!

전령 날카로운 칼을 들고 제단 옆에 서서 옛날에 죽은

메가레우스*와 하이몬을 애통해했나이다.

그러다가 결국, 두 아들을 죽인

왕을 저주하며,

눈을 감으셨습니다.

송가 2

크레온　(노래한다) 저주, 공포의 존재로다! 아, 아무도 없느냐

　　　칼을 뽑아 나의 모든 불행을 단칼에 끝낼 자가?

　　　비통하여 으스러질 지경이구나.

전령　왕비께서 하이몬과 예전에 죽은 큰아들을 죽인 죄로

　　　왕을 저주했나이다.

크레온　뭐라 했더냐? 제 목숨을 어떻게 끊더냐?

전령　왕비께서 제게서 참담한 이야기를 들으시고는 단검을

　　　가슴에 대고 정곡을 찌르셨습니다.

크레온　(노래한다) 오로지 나의 책임이로다. 나 외에는 아무도 그

　　　녀를 죽이지 않았으며,

　　　아무도 그 죄를 함께 짊어지지 못하도다.

　　　내가 자초한 불행이도다. 이것이 진실이다, 나의 친구들이여.

　　　나를 데려가라, 멀리 사람들이 보이지 않도록!

　　　내 목숨은 이제 죽은 목숨이나 마찬가지다.

　　　나를 이곳에서 멀리 데려가다오.

---

* 크레온과 에우리디케의 큰아들.

코러스   그러시는 게 가장 좋을 듯합니다.

그런 재앙이 덮칠 땐 간단하고 분명한 게 최선입니다.

답송 2

크레온   (노래한다) 아, 오너라, 내가 본 날들 가운데

최고의 날이며, 가장 최후의 날인,

죽음을 가져온 날이여.

아, 어서 오너라! 오라, 새벽이 없는 그대 밤이여!

코러스   그것은 미래를 위한 일입니다. 살아 있는 자들이

해야 할 일들은 지금 여기 있습니다.

크레온   죽음을 베풀어달라고 기도했다. 그 외에는 바라는 게 없다.

코러스   그렇다면 더는 기도할 게 없습니다. 결정된 고통에서는

어느 인간도 빠져나가지 못할 것입니다.

크레온   (노래한다) 나를 데려가라, 무모하고 그릇된 자의 무분별이

아내와 아들을 죽였도다.

아, 어느 곳을 바라봐야 할까? 기운을 차릴 수나 있을까?

내게 감당할 수 없는 비운이 닥쳤구나.

(크레온과 파수병들 궁으로 퇴장)

코러스   (크게 외친다) 행복 중에 최고의 행복이

지혜이며, 신들을 향한 존경이도다.

오만한 자의 오만에 찬 말들이 결국,

그 오만만큼이나 커다란 벌을 받나니,

드디어 오만했던 자가 지혜를 터득하는구나.

엘렉트라

등장인물

오레스테스 아가멤논과 클리템네스트라의 외아들
퓔라데스 오레스테스의 친구, 대사는 없음
선생 오레스테스의 개인 수행원
엘렉트라 아가멤논과 클리템네스트라의 딸
크리소테미스 엘렉트라의 여동생
클리템네스트라
아이기스토스
미케네 여성들로 구성된 코러스

시종들 외

배경은 아르고스 미케네의 왕궁 앞이다.

(오레스테스, 필라데스, 선생이 두 명의 시종과 등장)

선생 여기가 아르고스의 땅입니다.
　　이곳 궁전에서 그대의 아버지 아가멤논이
　　그리스인을 트로이로 이끄셨소이다.
　　그토록 오랫동안 애타게 보고 싶어 했던 곳이니,
　　자 이제 그대의 두 눈으로 보시오.
　　고대도시 아르고는 한때 이오와 그녀의 아버지
　　이나코스*의 고향이었다오.
　　자 보시게나. 저기, 아폴로의 이름이 보이는
　　시장이 있구려. 그리고 그 왼쪽에는
　　유명한 헤라 사원이 있지 않소. 우리가 지금 서 있는
　　이곳이 바로 미케네, 황금의 미케네이며,
　　펠롭스** 왕조의 피로 범벅된 왕궁이 이곳이니,
　　저들이 아가멤논을 살해했을 당시
　　그대의 누이가 아기인 그대를 구해냈던 곳이라오.
　　내가 그대를 안전한 곳으로 데려가 성년이 되도록
　　키웠구려. 이제 아버님의 복수를 해야 하오.
　　자, 오레스테스, 그대와 그대의 충성스런 친구
　　필라데스와 함께 지체 없이 할 일을 시행하시오.

---

* 아르고스의 초대
** 아가멤논의 조부 아트레우스의 아버지이자 오레스테스의 고조부.

동이 터오니, 밤하늘에 떠돌던 별들이 사라지고,

새들은 아침 노래를 부르니,

사람들이 곧 정신없이 움직일 것입니다.

남은 시간이 별로 없습니다.

행동할 때가 됐습니다.

오레스테스 나의 친구이자, 나의 충직한 신하여.

그대의 말이나 행동에 충심이 묻어나는구려.

노령에도, 주춤대기는커녕 기개가 넘쳐,

위험에도 도사리지 않고

귀를 쫑긋거리는 순마(純馬)처럼,

처음으로 날 돕겠다며 독려하는구려.

그렇다면 내 계획을 들어보게. 자세히 들어보고

잘못된 점이 있으면 고쳐보시게.

델피에 가서 아폴로 신께

내 아버지를 살해한 자들에게

어떻게 복수를 해야 아버지의 죽음에 대한

최선의 복수인지 물었다네. 신의 대답은 간단했소.

이렇게 말씀하시더이다. 군대가 아닌 네 오른손으로,

계략을 꾸며 그들이 자초한 죄의 죗값을 치르게 하노니,

그 둘을 모두 죽여라.

신의 말씀이 이러하니,

자네가 할 일은 기회를 틈타

궁 안으로 들어가는 일이라네.

상황이 어떤지 살펴본 다음 자네가

어떤 일을 도모할지 알려주게.

저들은 자네를 알아보지 못할 것이야.

노인인 데다 그간 세월이 많이 흘렀으니.

자네의 은발 머리를 보면 아무도 의심하지 않을 걸세.

자네는 이렇게 얘기하면 되네.

외국, 그러니까 포키스의 파노테우스*가 보냈다고 하게.

파노테우스는 저들이 가장 신뢰하는 동지이니 말이오.

저들에게 오레스테스가 살해됐다고 전하고,

사실임을 맹세하라.

델피에서 열린 피티아 경기에서 시합 도중에 달리는

전차에서 떨어져 죽었다고 전하시오.

이런 이야기로 합시다.

신께서 먼저 아버지의 무덤에서

한 타래의 머리카락과 헌주로 포도주를

바치라고 명했으니, 난 그대로 따를 것이오.

그런 다음 자네가 덤불 속에 숨겨놓았다고 하는

단지를 찾아 돌아오겠네.

청동을 두들겨 만든 그 단지를 보면 저들이 기뻐할 걸세.

오래 가지는 않겠지만, 저들에게 전할 얘기대로,

---

* 쌍둥이 형제 크리소스와 일평생 원수로 지냈으며, 크리소스는 오레스테스를
 받아준 포키스의 왕 스트로피오스의 아버지임.

불에 타고 남은 내 유골이 단지에 담겨 있으니

왜 아니 기쁘겠나.

내가 죽었다고 하는 이런 이야기로 원수를 갚는

내 인생의 진정한 목적을 이루게 되는데,

왜 불길한 생각이 들지?

내게 득이 될 이야기를 두려워할 필요는 없어.

죽었다고 했던 현자들이 각기 자기가 살던 도시로

돌아가면 더 많은 찬사를 받았다는 얘기를 들어왔지 않은가.

그러니 믿도록 하세. 이렇게 죽은 척하고 나면

하늘의 태양처럼 의기양양하게 적들을 내려다보리라.

오로지 그대 내 고향, 그대 아르고스의 신들만이

날 맞이하고 나의 성공을 기원해다오.

내 아버님의 가문이여

그대의 축복 속에 날 맞이하라! 신들이 날 보냈으며,

내가 그대를 정화하고 숙청하러 왔도다.

날 거부하지 말고, 날 멀리 내쫓지 말고,

원래 내 자리였던 곳으로 들어가게 하라.

내 아버지의 무너진 집안을 다시 세우게 하라.

그것이 나의 기도이다. 내 친구여,

가서 자네 할 일을 완수하도록 하라.

우리는 우리대로 맡은 일을 하겠다.

기회는 한 번뿐이니 만사가 거기에 달려 있도다.

엘렉트라　(안에서) 아아! 아아 비참하구나!

선생 들어보시게, 내 아들이여. 어떤 울음소리가

　　　성문 가까이서 들린 듯했소. 지독한 슬픔에 찬 울음소리가.

오레스테스 엘렉트라, 내 불행한 누이여! 그녀의

　　　울음소리일 리가 있나? 잠시 들어보세.

선생 안 됩니다. 신이 내리신 명령대로 우선 헌주를

　　　아가멤논의 무덤에 바치러 가야 합니다.

　　　신의 도움이 있어야 우리는

　　　승리를 거두고, 적은 파멸에 이를 것입니다.

(오레스테스, 퓔라데스, 선생, 시종들 퇴장)

(엘렉트라 등장)

엘렉트라 (크게 외친다) 그대 신성한 빛이여,

　　　땅의 지붕인 그대 하늘이여,

　　　내가 울부짖은 수많은 통곡 소리를

　　　듣지 못했는데, 어슴푸레한 밤은

　　　가고 아침의 날이 밝아오는구나!

　　　밤이 다시 오면

　　　지긋지긋한 내 침대만이 내가 이 잔인한

　　　궁전에서 흘린 눈물을 말해주는구나.

　　　아, 아버님! 트로이의 창도, 전쟁의 신도,

　　　외국 땅에 계신 당신에게 죽음을

　　　드리우진 못했습니다.

내 어머니가 아버지를 죽였고, 또한
그녀의 정부 아이기스토스가!
나무꾼이 참나무를 넘어뜨리듯 저들은
살기등등한 도끼로 아버지를 쓰러뜨렸습니다.
그런데도 제 목소리 외에는 누구의 목소리도
이 피비린내 나는 행동에 울부짖지 않습니다.
아버지, 저만이 당신의 죽음을 애통해하는군요.
낮이면 태양이 뜨고 밤이면 별이 뜨는 한,
장송곡을 멈추지 않고
언제까지나 애통해 마지 않겠나이다.
제 새끼의 죽음을 멈추지 않고 애통해하는
비애에 젖은 나이팅게일처럼
이곳 바로 성문에서 나의 통한의 슬픔을
만천하에 알리겠습니다.
그대 죽음의 신들이여! 그대 지하 세계의 신들이여!
복수의 신들이여, 피비린내 나는 행동 하나하나
결혼 서약을 더럽힌 부정한 행동 하나하나를 보고
절 버리지 마시고, 절 도와주소서!
아버지를 죽인 자에게 원수를 갚게 하소서!
그러니 제게 남동생을 보내주세요.
제게 오레스테스를 보내주소서!
더는 이 슬픔을 감당하지 못하겠나이다.
가슴이 미어터지고 있나이다.

(코러스 등장)

〔여기부터 250 행까지는 전부 노래로 부른다〕

송가 1

코러스 엘렉트라, 인정머리 없는 어미의 자식이여,

슬픔과 절망에 사로잡혀

왜 그리 인생을 허비하는 거요?

아가멤논이 죽은 지도 오래전인데.

가슴, 네 어미의 가슴이 배신으로 가득하여

함정에 빠진 아가멤논을 치졸한 정부(情夫)에게 넘겨

죽였구나. 감히 말해도 된다면,

그런 짓을 저지른 자들 역시

그와 똑같은 일을 당할 것이오.

엘렉트라 아, 귀하고, 자애로운 나의 친구들이여,

슬픔에 빠진 절 위로하러 오셨군요.

환영합니다. 여러분이 오셔서 참으로 반갑습니다.

하지만 슬픔을 거두거나 아버님에 대한 애도를

그만두라는 말씀은 하지 마세요,

친구들이여. 여느 때처럼 사랑과 헌신을 베풀어주시고,

제 슬픔은 그냥 참고 넘겨주세요. 비통한 제 마음을 숨기지

못하겠어요.

답송 1

코러스 아버님께선 모두가 가야 할 세계로 떠나신 것뿐입니다.

그리 아무리 눈물을 흘리고 애통해해도

죽은 자의 세계에서 그를 되살리진 못합니다.

그대의 슬픔은 이제 정도가 지나쳐

끝을 모르는 슬픔이 되어

그대 자신의 생명을 소진하고 있으니,

모두가 헛된 일입니다.

애도를 끝내는 일이 어찌 잘못된 일이겠습니까?

기나긴 슬픔과 고통에서 헤어날 수는 없습니까?

엘렉트라 잔인하게 살해된 아비를 잊어야 하는 자의

심장은 비정하고 마음은 무정할 뿐이지요.

내 마음은 슬픈 나이팅게일과 다름없나니,

애절한 새는 언제나 제 자식인

이튜스, 이튜스*를 부르며 비탄해합니다.

아, 비애의 여왕, 니오베여, 산속 무덤에서

영원히 눈물 흘리는 여신인 그대에게 의탁하나이다.

송가 2

코러스 내 자식아, 그대에게만

비애의 무거운 짐이 지워지진 않았으나,

---

* 어머니인 프로크네가 아들 이튜스를 죽이고 나이팅게일이 되었다고 함.

함께 사는 자들, 친족의 피로 그대에게 얽혀 있는

저 두 사람보다 그대가 더 괴롭구나.

궁 안에 있는 그대의 두 자매

크리소테미스와 이피아나사가 어떻게 사는지 보시오.

그대의 형제도 망명 중이기는 하나

슬픔을 견디며 살아가고 있고,

영광 또한 그를 기다리고 있소.

그는 제우스의 친절한 인도에 따라 이곳에 당도하여

여기 미케네에서 영광과 환영을 받을 것이오.

엘렉트라   해마다 그를 기다리며,

결혼도 하지 않고 자식도 없이,

눈물에 젖은 채 끝없는 슬픔의 멍에를 지고

고달픈 길을 걷고 있습니다.

그가 겪어온 부당한 일들과 내가 말해준 죄악에 대해,

그는 아무 관심도 없습니다. 전갈이 왔으나, 모두가 거짓입
니다.

이곳에 오기를 갈망한다지만, 올 정도는 아닙니다!

답송 2

코러스   아가씨, 안심하고 안심하라.

제우스가 아직 하늘의 왕이로소이다.

그가 만사를 관장하고, 만물을 지배하고 있소.

그런 지독한 슬픔과 분노는 그에게 맡기시오.

그대가 증오하는 자들을 지나치게 증오하지도 말고,

그를 잊지도 마시오.

시간은 모든 상처를 치유하는 힘이 있다오.

그가 바다 근처, 풍요로운 크리사 평원에

살고는 있지만 아가멤논의 아들로서

제 친아버지를 모른 척하지 않을 것이오.

엘렉트라 하지만 너무 많은 세월을 절망 속에서 보냈어요!

지금껏 버텨 온 힘도 이제 곧 사라질 거예요.

전 위안이 돼주는 자식도 없는 혼자의 몸이며,

옆에서 지켜주며 함께 짐을 나눌 남편도 없어요.

노예처럼 무시당하고, 노예처럼 옷을 입고, 먹다 버린 찌꺼

기로 연명하며,

모든 이의 경멸 속에 내 아버지들의 거처에서 시중을 들고

있습니다!

송가 3

코러스 그가 귀환할 때 들리던 울음소리,

도끼가 그를 곧바로 후려쳤을 때,

연회장에서 나던 네 아버지의 울음소리가 측은하도다.

음모자는 교활하고, 살해자는 욕정에 끌려

극악무도한 범죄를 저지른 흉측한 자들이니,

그런 짓을 저지른 손이 인간의 손이었는지,

지옥에서 풀려 나온 신의 손이었는가.

엘렉트라   그날의 공포는 모든 공포를 뛰어넘는 공포였어요!

증오와 참담함이 그 어떤 날과도 달랐어요!

연회를 열고 있던 그 저주받은 밤이

공포와 피로 넘쳤습니다!

내 아버지는 두 눈으로 자신에게 치명적이고 비열한

가격을 가한 두 살인자를 보았습니다.

내 인생을 노예와 파멸로

팔아먹은 가격이었죠.

아, 하늘과 땅을 다스리는 신이시여,

저들을 응징하소서!

저들이 저지른 대로 고스란히 당하게 하소서.

그들에게 승리를 허하지 마소서!

답송 3

코러스   그렇지만 그대는 현명해야 하니, 말은 그만하시게.

자신에게 이런 잔인한 분노를 품게 한 장본인은

바로 너 자신이며 네가 하는 행동 탓이로다.

그대의 침울하고 타협을 모르는 마음은

갈등과 적의를 불러일으키며

자기 자신의 불행을 배가하고 있소이다.

권력을 쥔 자들과 싸우는 일은 어리석은 짓이거늘.

엘렉트라   알아요, 제 고약하고 혐오스러운 기질을 잘 알고 있어요.

그러나 피할 수 없는 제 고통을 보세요!

어쩔 도리가 없잖아요. 고통 때문에,

광기 어린 증오에 자포자기할 수밖에 없었어요.

목숨이 붙어 있는 한은 말이에요.

나의 다정한 친구들이여,

어떤 위로나 설득의 말로 내 영혼이

이런 악(惡)과 화해할 수 있을까요?

없습니다. 절 그냥 내버려두세요. 애쓰지 마세요.

이 모두 어쩔 도리 없는 불행일 뿐이죠.

비애와 눈물과 한탄에서

결코 헤어나지 못할 거예요.

종막(終幕)

코러스   사랑과 우정을 담아, 어미의 심정으로

그대에게 간청하오. 내 자식이여

고통에 고통을 더하지 마세요.

엘렉트라   제가 겪는 고통이 어디 절제가 되는 건가요?

죽은 자를 방치하는 일이 그게 옳은 건가요?

그걸 명예롭게 여기는 사람이 있나요?

그렇다면 저들의 칭송은 듣지 않겠어요!

어떤 행복이든 제 몫이니

불명예스러운 안락은 누리지 않겠어요.

저의 비통을 잊어버리거나,

제 아버님에 대한 애도는 그만두세요.

죽어서 그곳에 누워 계신 분은 그저 먼지와 재일 뿐이고,

저들이 그를 죽이고도 그 벌로 죽임을 당하지 않는다면,

모든 인간에게서 신들에 대한 두려움과

인간에 대한 존중은 사라진 것입니다.

코러스 그대가 슬퍼하는 것도 당연해요. 내 말이 불쾌했다면,

없던 말로 하고 그대의 말을 따르겠어요.

내 언제나 그대를 따를 것이오.

엘렉트라 나의 친구들이여, 이런 한탄이 참으로 성가실 테니

부끄러울 따름이에요.

허나 참아주세요. 달리 어쩔 도리가 없습니다.

고귀한 혈통의 고매한 성품을 조금이라도 지닌 여성이라면

친아버지가 잔인무도한 일을 당하는 장면을 목격하고

하루하루, 매일 밤마다 그런 장면을 떠올려야 한다면

어찌 하늘에 대고 통곡하지 않겠습니까?

잦아들기는커녕 더욱더 대담해지고 말지요.

내 어머니가 계시니 말이에요.

내 어머니가! 이제 철천지원수가 되었으니.

게다가 친아버지를 살해한 자들과

한 집 안에 있어야 해요.

내 위에 저들이 군림하고 있고, 내가 견뎌야 하는 일은

저들에게 의지하는 일밖에는 없습니다. 아이기스토스가

아버지의 옷을 입고 아버지의 왕좌를 차지하고,

아버지를 살해했던

노변석(爐邊石) 옆에서 헌주를 따르는 꼴을 봐야 하는

제가 어떻게 행복한 날을 보내고 있겠습니까?

분노가 극에 달하지 않을까요, 살인자가

아버지의 침상에서 부정한 제 어미와

누워 있는 꼴을 보면요. 게다가

그런 자와 동침한 그녀를 어미라 불러야 한다면 말이에요!

너무나 뻔뻔해서 그런 더러운 자와 사는 거겠죠.

신들에게 복수를 당할 거란 생각조차

두려워하지 않으니까요! 자신이 저지른 짓에서

환희를 느끼기라도 하듯 아버지를 배반하고

죽인 날을 각별히 기억하여

매월 그날이 되면 성대한 축제를 열어

자신을 구원한 신들에게 양을 제물로 바치곤 한답니다.

이런 모습을 고통스레 쳐다보면 가슴이 미어져

눈물이 흐르고 말아요. 아가멤논 축제라며

잔인하게 조롱하는 날이 제게는 통한의 날이니,

홀로 비통에 잠겨야 합니다.

그러다 보면 마음이 편안해져 눈물도 흐르지 않더군요.

이 고귀한 왕비님께서 저보고 이제 그만하라고 명하며,

지독한 욕설을 퍼붓죠. '지독한 년! 징글징글한 것!

아비를 잃은 년이 너뿐이더냐! 네년에게 저주가

내릴 것이다! 하데스의 신들이 네년의 눈물이 영원히

마르지 않게 하실 것이리라!' 그렇게 욕지거리를 해요.

그러다 누군가에게 오레스테스가 올지도 모른다는

소리를 듣고는 미칠 듯이 화를 내다

절 지켜보더니 비명을 지르더군요.

'이렇게 된 걸 감사해야 할 사람이 바로 너구나,

내 딸년! 네가 꾸민 짓이야!

내 손아귀에서 오레스테스를 훔쳐

몰래 달아나게 했었지. 허나 말해주마.

응분의 대가를 치르게 하겠어'.

그렇게 마치 개처럼 악을 쓰더이다.

옆에 지키고 서 있는 그 찬양할 만한 신랑이,

그 나약한 겁쟁이가, 그 가증스러운 작자가,

여자 뒤꽁무니에 숨은 그 전사가 부추기는 대로 말이죠.

나의 울음은 오레스테스를 향한 손짓이니

그가 오면 끝날 거예요. 아, 기다리기도

너무 지쳤어요. 오레스테스가 서두르지 않고

자꾸 지체하니 희망이 꺾이나 봐요.

내 친구여, 이런 마음을 참으며,

어찌해야 지혜롭고 경건한 마음을 지닐 수 있을까요?

저런 사악한 자들 속에서

어떻게 사악하지 않게 행동할 수 있을까요?

코러스 자, 말해보세요. 그대가 말한 대로 아이기스토스가

여기 있나요? 아니면 출타 중인가요?

엘렉트라 그자가 여기 있다면, 제가 감히 궁 밖으로 나오지

못했을 거예요. 없어요. 그자는 지금 시골에 있어요.

코러스 그렇다면, 좀 더 솔직하고 홀가분하게 얘기해도 좋겠군요.

엘렉트라 할 말 있으면 해봐요. 아이기스토스가 여기 없으니.

코러스 그렇다면 당신 오빠에 대해 말해주리다.

그가 여기로 오고 있다는 소식이 있나요?

아니면 아직도 때를 기다리고 있는 건가요?

엘렉트라 올 것 같긴 한데, 그뿐이에요.

코러스 위대한 업적이 하루아침에 이루어지지는 않잖아요.

엘렉트라 하지만 그를 살려낸 건 내가 재빨리 행동했기

때문이라고요!

코러스 친구들을 저버리진 않을 것이요. 믿음을 가지세요.

엘렉트라 믿어요. 그렇지 않았다면 이미 죽었을 거예요.

코러스 쉿, 조용히! 동생 크리소테미스가 와요.

궁에서 죽은 자에게 바치는 제물을 들고 있어요.

(크리소테미스 등장)

크리소테미스 소문나게 왜 또 성문 밖에 나와 있어?

휴, 모르겠어? 깨닫는 게 없어?

왜 그런 헛된 분노에만 빠져 있는 거야?

이건 확실해. 나도 언니만큼 슬퍼. 그럴 힘이 있다면,

저들에게 내가 얼마나 자신들을 증오하고 있는지

똑똑히 알게 해주고 싶어.

하지만 우리가 뭘 어쩌겠어.

돛을 접고 폭풍에 따르는 도리밖에 없잖아.

저들을 해할 능력이 없을 땐 적의를 보이지 않는 게 수야.

그렇게 하면 안 돼? 내가 아니라 언니가 옳다고 해도,

저들이 군림하고 있으니, 복종하는 거라고,

그렇게 안 하면 자유를 모두 잃게 되니 말이야.

엘렉트라   수치스럽구나! 아버지의 자식인 네가 아버지가 아닌

그저 어머니 생각뿐이라니! 어머니에 대해 듣고

깨우치라는 말밖에는 해줄 충고가 없구나.

네가 아는 게 뭐가 있겠니.

하지만 결정해야 해. 나처럼 바보가 될 것인지,

아니면 이것저것 따지다 가장 소중한 사람들을

저버리든지. 네가 말했잖니, 힘이 있다면

그 둘에게 네가 얼마나 그들을 증오하는지 보여주었을 거라고.

그런데 우리 아버지에 대한 복수에 안간힘을 쓰는 날

돕기는 하는 거야? 아니, 넌 날 방해하려는 거야.

고통도 모자라 비굴함까지 안기면서 말이지.

자, 말해봐. 아니면 내가 말하지.

이렇게 한탄하지 않으면 대신 뭘 할까? 살지 말까? 그래,

간신히 살고 있는 거야. 하지만 그걸로 충분해. 저들을

계속 괴롭히면 되니까. 그렇게라도 해서

죽은 분을 위로하는 거야,

저승에도 감정이 있다면 말이다.

그들을 증오한다고 했으니 말해봐.

입으로만 증오하고 있는지도 모르지.

우리 아버지의 원수와 살인자들을 돕고 있는 걸 보면 말이야.

난 저들에게 굴복하지 않겠어. 안 해.

네가 그렇게 좋아하는 노리개나 싸구려 장신구를

준다 해도 하지 않겠어.

너나 사치를 누리고 고상한 풍미의 음식 맛이나 보거라!

난 위를 뒤집지 않는 음식을 먹는 것으로 충분해.

너의 그 높으신 특권을 같이 누릴 생각은 추호도 없어.

네가 어떤 일을 해야 하는지 안다면

그런 것들을 경멸하겠지.

네가 아가멤논의 자식으로 알려졌는지는 모르겠다만

저들에게 클리템네스트라의 딸로나 불러달라고 해라.

그러면 네가 어떤 대역죄를 짓고,

누가 살해당한 아버지와 가족을 저버렸는지 알게 될 테니.

코러스 그만 참으세요. 그대들이 각자 서로의 말에

귀를 기울이면 일이 잘 풀릴 것이오.

크리소테미스 언니가 늘어놓는 장황한 비난엔 이미 익숙해요, 여

러분.

화내게 하려 한 건 아니었지만,

언니에게 최악의 위기가 닥쳤어.

저들이 언니의 기나긴 한탄을 이젠 가만두지 않기로 했어.

엘렉트라 이게 무슨 끔찍한 소리야?

너무 지독한 소식이라 할 말이 없구나.

크리소테미스   알고 있는 걸 모조리 말해줄게.

저들이 맘을 굳혔어.

언니가 이렇게 반항하는 걸 그만두지 않으면

다시는 태양을 구경도 못할 그런 곳에 가둘 거래.

어두운 지하 감옥에서 통곡하며 살도록 말이야.

그러니 그런 일을 생각 좀 하라고.

아니면 그런 벌을 받더라도

내 탓은 말고. 이젠 신중을 기해야 할 때야.

엘렉트라   저들이 나한테 그런 짓을 할까?

크리소테미스   할 거야. 그렇게 하기로 했어,

아이기스토스가 돌아오는 즉시 말이야.

엘렉트라   그렇다면 즉시 돌아오라고 해, 난 상관 안 해!

크리소테미스   어떻게 그렇게 말할 수 있어? 미쳤어?

엘렉트라   적어도, 네 눈앞에는 보이지 않겠지.

크리소테미스   하지만 우리와 함께해온 목숨을 포기하는 거잖아!

엘렉트라   놀라운 삶이었어! 남들이 부러워할 만한!

크리소테미스   현명하게 굴면 그럴 수도 있어.

엘렉트라   사랑하던 이들을 저버리라고 가르치려 들지 마.

크리소테미스   그런 게 아냐. 우리 위에 군림하는 자들에게

굴복하라는 거야.

엘렉트라   변명이라고 해주지. 난 그렇게는 못해!

크리소테미스   그렇게 해야 해. 어리석게 파멸하지 않으려면.

엘렉트라 파멸해야 한다면 아버지 원수를 갚으며 파멸하고 말겠어.

크리소테미스 아버지가 우리를 탓하지는 않으실 거야, 정말이야.

엘렉트라 겁쟁이나 그따위 생각을 하는 거야!

크리소테미스 내 말을 듣고 좀 따르면 안 돼?

엘렉트라 싫어! 내 판단력이 그렇게까지 타락하지는 않길 바랄
뿐이야.

크리소테미스 그렇다면 더는 말하지 않겠어.

이젠 언니를 그냥 내버려두고, 내 심부름이나 가겠어.

엘렉트라 어디로 가는데, 그런 제물을 들고?

크리소테미스 아버지 무덤에 올리라고 어머니가 보냈어.

엘렉트라 어머니가? 자신이 불구대천의 원수로 여겼던

아버지에게 제물을 바치라고?

크리소테미스 계속해, '자기 손으로 죽인 남편'이라고!

엘렉트라 그게 누구 생각이었니? 누가 어머니를 꼬드긴 거니?

크리소테미스 어머니가 어떤 무시무시한 꿈을 꾼 것 같아.

엘렉트라 우리 혈족을 돌보는 신들이여! 드디어 우리 편이 되셨
도다!

크리소테미스 그런 악몽에서 어떤 희망이라도 찾은 거야?

엘렉트라 꿈 얘기를 해줘봐, 그러면 알려줄게.

크리소테미스 해줄 게 별로 없어.

엘렉트라 그래도 얘길 해봐! 한 집안의 안녕이나 파멸이 아주
작은 일로 결정되곤 하잖아.

크리소테미스 어머니가 꿈을 꿨는데

아버지가 살아서 옆에 서 계시더래.

이제는 아이기스토스가 들고 다니지만,

예전처럼 홀을 들고 말이야.

그걸 화롯가에 놓으셨는데,

거기서 나무 한 그루가 자라고,

퍼져서 아르고스를 온통 다 뒤덮었다는 거야.

동이 트자, 두려움을 잠재우려고 자신이 목격한 걸

태양의 신*에게 털어놓더래.

근처에 있던 자가 듣고 내게 그렇게 전해주었어.

더 이상은 몰라.

그 꿈이 무서워서 날 보냈다는 것 말고는.

그러니 이제, 우리가 숭배하는 모든 신의 이름을 걸고

제발 내 말 좀 들어. 언니를 파멸시킬

그런 어리석은 생각은 집어치우고.

이번에도 거절하면,

언니를 도울 길이 하나도 없을 거야.

엘렉트라   사랑하는 동생아, 이 제물들을

아버지 무덤 가까이 가져가지 마라.

아버지에게 철천지원수인 어머니가 보낸

제물과 헌주를 바치는 일은

법과 도리에 어긋나는 짓이야.

---

*   헬리오스.

땅에 묻어버리거나, 되는 대로 그냥 내버려둬.

그래야 아버지께 닿지 않을 테니.

아니면, 어머니를 위해 지옥에 보관해두던가.

그녀가 죽으면 쓸 보물로 말이야.

세상에 둘도 없는 비정한 여인이 아니라면,

제가 죽인 아버지의 무덤에 원한에 찬 제물을

올려놓을 생각은 꿈도 꾸지 않았겠지.

생각해보아라. 저들이 아버지에게

어떤 감사를 표할 까닭이 있겠느냐?

어머니가 아버지를 살해하지 않았느냐?

얼마나 독하고 얼마나 치욕스럽게

생명이 끊긴 아버지의 시신에 덤벼들어 난도질을 했느냐?

설마 너는 저런 제물로

어머니가 저지른 죄를

용서받을 거라 생각하지는 않지?

말도 안 돼! 좋아, 그걸 그냥 두고,

다른 제물을 아버지 무덤에 바치도록 하자.

너와 내 머리카락을 한 타래씩 징표로 바치는 거야.

왕께 바칠 만한 제물은 아니지만,

가진 게 그게 전부니까.

초라하고 아무 장식도 없는 이 띠도 드리자.

이 제물을 바치며,

지하에 계신 아버지께 우리를 굽어살피시어,

원수 갚는 일을 도와달라고 무릎 꿇고 간청하자.

그러면 그의 아들 오레스테스가 승리를 거두고

살아 돌아와 원수를 짓밟고,

앞으로는 지금보다 훨씬 빛나는 제물을

아버지께 바치게 될 거야.

어머니가 그 꿈을 그렇게도 무서워했던 건

아버지의 영혼이 뭔가 영향을 끼쳤기 때문일 거야.

어쨌든, 내 동생아, 이 제물은 너 자신과 나,

그리고 우리가 누구보다 사랑하는 분께 바치자.

지금은 돌아가신, 우리 아버지께 말이야.

코러스　나의 자식이어, 그대가 현명하다면, 경건하게 말하는

언니가 하라는 대로 할 것이라.

크리소테미스　그렇게 하지요. 해야 할 일이 분명하면,

말다툼할 필요도 없고, 신속하게 하겠어요.

그러나 아, 나의 친구들이여, 간청하나니,

제가 이런 일을 하는 걸 비밀로 지켜주세요.

클리템네스트라께서 알기라도 하면,

이 일로 비싼 대가를 치러야 하니까요.

(크리소테미스 퇴장)

송가 1

코러스　(노래한다) 나의 예지력, 판단력이 믿을 만하다면,

정의의 여신이 드디어 오셨구나. 여신의 등장을 알리는
그림자가 드리웠도다.
곧 나타나리라, 누구도 넘볼 수 없는 힘을 지니고.
자신감이 마음속에서 솟는구나.
꿈이 좋아 반갑구나.
왕이신 그대의 아버지는 무딘 망각 속으로 가라앉지도 않았
　으며,
녹슨 양날 도끼도 그 역겨운 가격(加擊)을 잊지 않았도다.

답송 1

정의의 여신이 덤불 속에서 순식간에 나타나 저들을 덮치면
신들의 복수가 본연의 힘을 발휘하리라.
저들이 동침에 눈이 멀어
비도덕적이고 피비린내 나는 죄를 저질렀던 탓이로다.
반갑게도 자신감이 느껴지니, 징조가 헛되지 않았도다.
악행을 저지른 자는 죗값을 치러야 할 터이다.
이제 이 꿈이 이루어지지 않는다면, 신탁과 예언은 거짓일
　뿐이도다.

종막

펠롭스*의 전차 경주가

---

* 　아가멤논의 조부.

끝이 없는 비애와

고통의 원인이 되었도다.

뮈르틸러스[*]가 금빛 전차에서

죽음으로 곤두박질하여

포효하는 바닷속으로 들어갔으니,

잔인한 폭력과 유혈의 참사가

이 궁전에 남아 있구나.

(클리템네스트라가 제물을 든 시종과 함께 등장)

클리템네스트라 아이기스토스가 집에 없어 내버려두니까 다시

제멋대로 구는 것 같구나. 함부로 나돌아 다니며

우리 모두를 수치스럽게 하다니!

아이기스토스가 없으면 날 겁내지도 않고!

내가 잔인하고 포악하다고 떠들고 다니니,

네년과 너를 편드는 놈들에게 울화가 치미는구나.

난 잔혹 행위를 한 적이 없다.

내 혀가 네년에게 욕설을 퍼붓는 건,

네 혀에 대한 대답일 뿐이다.

항상 핑계를 입에 달고 있지 않느냐, 네 아비가 나에게

죽임을 당했다고, 나에게 말이야! 물론 그랬지.

---

[*] 전차 경주에서 뇌물을 받고 펠롭스가 이기게 함.

부인하지는 않아. 하지만 그가 죽은 건

자기가 지은 죄 때문이지 내가 죽인 게 아니다.

그리고 녀년은, 네가 해야 할 일이 뭔지 알고 있었다면,

날 돕는 게 도리였지. 내가 정의의 편이었으니 말이다.

녀년이 늘 애도하는 니들의 아버지는

네 언니*를 죽여, 아르테미스**에게 제물로 바치고도

그런 짓을 아무렇지도 않게 여긴 유일한 그리스인이었다.

이피게네이아를 낳은 아비의 심정이

애를 배고 낳은 내 심정과는 비교도 안 되겠지만.

그러니 말해봐라. 언니를 제물로 바쳤던

네 아비를 경배하는 이유가 무엇이냐?

그리스인들을 위해서라고 할래?

어떤 권리로 저들이 내 자식을 죽인 거냐? 내 자식을 죽여

자기 동생 메넬라우스에게 제물로 바친 거라면,

나에게 그 죗값을 치러야 하지 않을까?

메넬라우스에게 두 아들이 있지 않았느냐,

전쟁의 불씨가 된 헬렌과 전쟁을 시작한

메넬라우스의 두 아들***도 죽으면 안 되느냐?

아니면, 죽음의 신이 기괴한 욕망에 못 이겨

---

* 아가멤논의 장녀 이피게네이아.

** 처녀성의 여신.

*** 호머에서는 헬렌과 메넬라오스 사이에 딸이 하나 있다고 했지만, 아들이 있
    었다는 더 오랜 이야기도 전해진다.

헬렌의 자식이 아닌 내 자식을 포식한 것이냐?

아니면 그런 기이한 부성애 때문에 제 동생의 자식들을

사랑한 것이냐, 내가 낳아준 자식이 아니고?

그런 아비가 흉측하지도 않고, 죄를 저지를 것도 아니냐?

네년이 아니라고 해도, 난 그렇다고 분명히 말하겠다.

말할 수 있다면 죽은 내 딸도 그렇게 말하리라.

그러니 네 아비가 그렇게 된 일이 참담하지도 않다.

내가 틀렸다고 해도, 날 비난하기에 앞서

네년의 잘못이나 뉘우쳐라.

엘렉트라   이번에는 적어도 내가 먼저 공격해서 그런 대답을 한

거라고는 하지 않겠군요.

허락하신다면, 내 아버지와 언니를 대신해 진실을 밝히지요.

클리템네스트라   해봐라. 늘 이렇게 공손히 말했다면 그리 심하게

굴지는 않았을 것이다.

엘렉트라   그렇다면 들어보세요. 어머니가 아버지를 죽였다는

사실을 인정하실 테니.

옳았건 아니 건, 좀 더 더러운 얘기는

아니었을까요? 전 어머니가 그런 짓을 한 게

정의에 대한 사랑 때문이 아니라,

어머니가 현재 함께 살고 있는 그 죄인이

시킨 짓이란 걸 증명할 수 있어요.

가서 사냥의 여신 아르테미스에게

바람 많은 아울리스*에 함대를 꼼짝 못하게

묶어놓았던 이유가 무엇인지 물어보세요.

아니, 제가 말씀해드리죠.

신들에게 해선 안 되는 질문일지도 모르니까요.

한번은 아버지께서 아르테미스 여신을 모신 숲에서 사냥하
　시다

가지진 뿔의 수사슴을 쫓기 시작하셨대요.

사슴을 겨냥해 활로 쓰러뜨리고 자랑을

좀 과하게 해서 아르테미스의 성미를 건드린 거죠.

그래서 여신이 함대의 발을 묶고, 아버지께 수사슴을 죽인

대가로 딸을 제물로 바치게 한 거예요.

제물을 바칠 도리밖엔 없었죠.

그리스인들은 모두 포로로 잡혀 있어서, 트로이로

항해할 수도 고향으로 돌아갈 수도 없는 처지였으니까요.

아버지는 고통 속에서 여신의 요구를 오랫동안 거부했지만

어쩔 수 없이 언니를 제물로 바치셨죠.

자신의 형제를 도우려고 했던 건 아니에요.

하지만 어머니 말씀대로 아버지가 그랬다 해도

어머니가 무슨 권리로 아버지를 죽인 거죠?

어떤 법을 따른 거죠? 조심하세요.

피에는 피라는 법에 따라 한 짓이라면,

---

* 그리스 고대 항구도시.

후회하실 것 같네요. 응분의 벌을 받게 될 경우

어머니가 첫번째 사망자일 테니.

하지만 이건 공허한 핑계에 불과할 뿐이에요.

말하자면, 하고 많은 일 중에

가장 혐오스러운 짓을 저지르고 계시니까요.

당신을 도와 아버지를 죽인 살인범을 거두어 동침하고

그자의 자식들을 낳은 데다 일찍이 합법적인 결혼으로 낳았던

자식들은 내쫓았으니 말예요. 이게 찬사받을 짓인가요?

이것도 보복이라고 할 건가요?

그렇게는 말하지 않겠죠. 정말 수치스러운 건

딸의 복수를 위해 적과 결혼한다는 거죠!

하지만 내가 친어미에게 악담을 퍼붓는다고 당신이 역정을
   내니

경고할 엄두를 내는 사람이 없는 거예요.

당신은 딸의 어머니가 아니라,

한 노예의 정부(情婦)라고요!

당신과 당신 정부 때문에 내 인생이 불행해졌어요.

당신이 죽이려 했던 아들 오레스테스는

추방으로 지친 삶을 간신히 살고 있고요.

복수의 화신이 되어 돌아오도록 내가 뒤를 돌봐주고 있다고
   하시니,

신께 가서 그렇게 말하세요! 원하는 곳에 가서 욕하라고요.

불효녀에 은혜도 모르고 수치도 판단력도 없다고요.

제가 그럴 재간이 많을지도 모르죠. 그렇다면, 그건

적어도 제 어머니를 닮은 덕이네요!

코러스   격노하여 자신이 옳은지 그른지 분간을 못하는 겁니다.

클리템네스트라   그렇다면, 저 나이 먹고도 저리 뻔뻔스레

제 어미를 모욕하는 년에게는

굳이 조심해서 말을 할 필요가 없구나.

너무 무례해 눈에 뵈는 게 없으니 말이다.

엘렉트라   그럼 믿지 않더라도 말씀드리죠.

저도 제가 하는 짓이 부끄럽고, 혐오스러워요.

하지만 당신의 원한과 사악함을 보면

저도 모르게 그렇게 되고 말아요.

악이 또 다른 악을 낳는 거죠.

클리템네스트라   수치를 모르는 것!

네년에게 말할 기회를 너무 많이 베푼 듯하구나.

엘렉트라   말을 한 건 당신이지, 내가 아니에요. 당신의 더러운 동

침과

사악한 행동 탓에 그런 말이 날 찾아온 셈이니까.

클리템네스트라   아르테미스에게 맹세하노니 아이기스토스가 돌아

오면

이런 무례한 짓에 대한 죗값을 치르게 할 것이다.

엘렉트라   그런 거지요? 속마음을 털어놓게 한 다음,

벌컥 화를 내며 말은 들으려고도 하지 않는 것.

클리템네스트라   맘껏 분풀이하게 해주었으니 내가 차분히

제물을 올리게 가만히 좀 있지 않겠니?

엘렉트라   하세요. 더는 말하지 않겠어요. 저 때문에 못했다고는

하지 마세요.

클리템네스트라   (시종에게) 내가 기도를 올리듯 아폴로께

풍성한 과일 제물을 올리거라. 아폴로께서

두려움에 사로잡힌 날 구원하시도록.

우리의 수호신, 포이보스 아폴로여.

누구에게도 밝히지 않은 제 탄원을 들어주소서.

저에 대한 사랑이 없는 자가 있습니다. 솔직히 말하면,

고약하고 요란스런 그 혀로 도시 곳곳에

사악한 소문을 퍼뜨리고 있습니다.

그러니 제가 말하지 않더라도, 제가 올리는

비원(秘願)에 귀 기울여주십시오.

제가 꾸는 이상한 꿈들이, 좋은 징조라면,

오 아폴로 신이여, 현실로 이루어주시고,

나쁜 징조라면, 그런 사악한 일을 모면하게 하시어,

대신 원수에게 떨어지도록 하소서.

간계로써 제가 현재 누리는 부를

빼앗으려는 자가 있다면 그들을 막아주소서.

이 왕권도, 아트레우스*의 이 가문도

제 것이 되게 하소서.

---

* 아가멤논의 부친이자 아이기스토스의 삼촌.

죽을 때까지 제 평화가 깨지지 않고,

저의 번창이 중단되지 않도록 하시고,

철천지원수가 아닌 지금 함께 사는 자들과,

제 아이들과 함께 살도록 하소서.

이렇게 기도하나니, 너그러이 받아주소서,

오, 아폴로 신이시여. 우리 모두에게

우리의 기도대로 베풀어주소서. 청할 것이 더 있으나,

무엇인지 밝히지 않겠습니다.

침묵해야 하기 때문입니다. 그러나 그대는

신이시기에 아실 겁니다. 제우스의 아들에게는

아무것도 감출 수가 없지요.

(클리템네스트라가 제물을 바치는 동안 적막이 감돈다.)

(선생 등장)

선생 (코러스를 향해) 제가 아이기스토스님의 왕궁에 온 것인지

　　여쭤도 되겠습니까?

코러스 분명 그렇소, 노인장. 이곳이 그곳이라오.

선생 그럼 혹시 저곳에 계신 분이 아이기스토스의 부인입니까?

　　참으로 왕비님다운 모습이군요!

코러스 그분이 진정한 왕비라오.

선생 왕비님, 인사 올립니다!

　　왕비님이 아시는 친구분께서 왕비님과 아이기스토스님께

반가운 소식을 전하라고 이곳에 보내셨습니다.

클리템네스트라 그렇다면 환영하노라. 우선 그댈 보낸 친구가

누구인지 말해보게.

선생 포키스의 파노테우스입니다.

중요한 전갈이옵니다.

클리템네스트라 그래, 전갈이 뭔가? 말해보라.

좋은 친구에게서 온 소식이라니 필경 좋은 소식이구나.

선생 간단히 말씀드리면, 오레스테스 소식입니다. 그가 죽었습

니다.

엘렉트라 오레스테스가 죽어? 아, 나의 죽음이나 다름없구나!

클리템네스트라 뭐, 죽어? 저 아이는 상관 말아라.

선생 그것이 바로 전갈입니다. 오레스테스가 죽었습니다.

엘렉트라 오레스테스가 죽었다고! 그렇다면 이제 나는 왜 살아야

하는 거지?

클리템네스트라 그건 내가 알 바 아니다! 초면이지만, 이제 그대가

진상을 전해주게.

그가 어떻게 죽었는가?

선생 그게 저의 소임이니, 전부 아뢰겠습니다.

오레스테스께서 피티아 경기 참석차

그리스 땅의 자랑이요 영광인 델피에 가셨지요.

전령의 목소리가 첫 시합인 도보 경기를 선언하자

오레스테스께서 경기장에 발을 내디뎠고 모두 탄성을

올렸습니다. 이내 아름다울 정도로 빠르고 강한 모습을

보이더니 결국 승리의 영광을 쓰고 돌아왔습니다.

드릴 말씀은 많으나, 짧게 전하겠습니다.

지금까지 그런 분은 없었습니다.

오레스테스께서는 모든 경주에서

당당히 승리를 차지했습니다.

그의 이름이 몇 번이고 거명되었지요.

'승리자, 오레스테스, 아르고스의 시민이자,

트로이의 모든 그리스인을 지휘했던 아가멤논의 아들이시다'.

여기까지는 모든 게 순조로웠습니다.

허나 신들이 편들지 않으면,

인간은 힘을 잃고 마는 법이지요.

오레스테스도 마찬가지였습니다.

다시 하루가 지나고, 동이 트고

전차 경주가 열리는 날이 되자,

여러 참가자 사이에서 오레스테스도 자리를 잡았습니다.

최고의 전차 기수인 아카이아인 기수,

스파르타인 기수, 리비아*인 기수 두 사람,

그다음, 다섯 번째로 오레스테스가 테살리아 암말을 몰았습
　니다.

그다음으로 적갈색 말의 아이톨리아인,

일곱 번째는 마그네시아인,

---

* 북아프리카 지역 그리스 식민지의 총칭.

여덟 번째는 암갈색 말의 아이니아인,

아홉 번째 기수는 고대도시 아테네 출신이었고,

열 번째이자 마지막으로는 보이오티아인이 말을 몰았습니다.

자리는 제비뽑기로 뽑았고, 심판이 선수들을

각자 제자리에 서게 했습니다.

황동색 나팔이 울렸고, 기수들이 출발했습니다.

고삐를 흔들며 말에게 외쳤습니다.

전차의 덜커덕거리는 소리 외에는

아무 소리도 들리지 않았습니다.

먼지 구름이 피어올랐고, 기수들이 달라붙었습니다.

기수마다 상대의 바퀴와 헐떡이는 말을 앞지르려고

말에게 채찍을 내리쳤습니다.

말들 입에서 일어난 거품이 여기저기,

어떤 기수의 바퀴나 또 다른 기수의 등 뒤로 튀었습니다.

그때까지 어떤 전차도 뒤집어지지 않았습니다.

그런데 그때, 여섯 번째 바퀴가 끝나고

일곱 번째 바퀴가 시작되었을 때,

아이니어인 기수가 통제력을 잃고 말았습니다.

아가리가 불편했던 말들이 돌연 방향을 틀어

리비아인 전차로 돌진했던 거죠.

단 한 차례 일어난 작은 사고가 충돌과 충돌로 이어졌습니다.

경기장은 난장판이 되었습니다. 이 장면을 본

아테네 기수는 영리하게 자리에서 살짝 비켜

서로 엉켜 허우적대는 무리가 지나가기를 기다렸습니다.

오레스테스는 그 뒤에서

막판을 기대하고 있었습니다.

아테네 기수만 제치면 된다는 걸 알고는

큰 소리로 말들을 재촉하자

말들이 쏜살같이 달려나갔지요.

이제 남은 두 사람이 막상막하의 경주를 했습니다.

서로 엎치락뒤치락하며 선두를 빼앗았는데,

겨우 머리 하나 차이였습니다.

오레스테스는 기둥을 돌 때면,

안쪽 말을 진정시키면서 바깥쪽 말은 힘껏 달리게 하여

기둥 돌에 부딪힐 정도였습니다.

이제 열한 바퀴를 무사히 돌았습니다.

오레스테스도 계속 꼿꼿이 서 있었고,

전차도 계속 내달렸습니다. 하지만 그때,

모퉁이 부분에 막 다다른 순간 왼손의 고삐가

너무 빨리 풀려 기둥과 충돌하고 말았습니다.

전차 축대가 두 동강이 나고,

오레스테스는 거꾸로 내팽개쳐져

고삐와 얽혔습니다. 말들이 오레스테스를 바닥에 매달고

경기장 중간으로 미친 듯이 달려갔습니다.

아, 그가 떨어지는 모습을 본 모든 사람이

비명을 질렀습니다. 훌륭하게 경기하던

오레스테스가 그런 사고를 당해, 경기장 바닥으로

곤두박질쳐졌다가 다시 높이 떠오르자,

말과 씨름하던 다른 전차 기수들이 말들을 진정시키고

찢어지고 피범벅이 된 오레스테스를 고삐에서 풀었지만,

모습은 알아보질 못할 정도로 엉망이 되었습니다.

화장용 장작더미를 쌓아, 시신을 태웠습니다.

장례를 맡은 포키스 출신의 두 사내가

오레스테스의 유골을 단지에,

그렇게 키가 큰 분을 모셔 담기엔

너무나 작은 단지에 담아

고향 땅에 묻으려고 가져오고 있습니다.

제가 전하는 이런 말씀이, 듣기 괴로우실 겁니다.

직접 목격한 저희 같은 자들은 너무나 참담했습니까!

제가 이제껏 목격한 어떤 일보다 괴로운 일이었습니다.

코러스   아르고스 왕족의 고대 혈통이 그렇게 끝났구나, 그런 사
고로!

클리템네스트라   오, 제우스여! 이 소식을 반갑다고 해야 하나요,
아니면 슬프지만 좋은 소식이라고 해야 하나요? 내 생명을
구한 아들을 잃어야 한다면 참으로 괴로울 텐데!

선생   왕비님, 왜 그리 슬퍼하십니까?

클리템네스트라   모성에는 이해하기 힘든 힘이 있답니다.

어미가 하는 짓이 아무리 끔찍해도, 어미란

제 새끼를 결코 증오하지는 않는다오.

선생 그렇다면 제가 헛걸음을 한 듯합니다.

클리템네스트라 아니, 헛되지 않았다!

　　내게서 생명을 얻고서도, 젖을 물리며 기른 날 버리고,

　　도망가서는 모른 척하며 살아온 오레스테스가

　　죽었다는 확실한 소식을 가져왔는데

　　어찌 '헛된 일'이라 할 수 있겠느냐?

　　그가 이 나라를 떠난 후 한 번도 본 적은 없지만,

　　줄곧 아버지를 죽였다며

　　날 비난하고 협박하고 있으니

　　밤낮으로 공포에 떨지 않고 잠든 날이 없었으며,

　　시시각각 내 죽음의 그림자에 휩싸여 살았도다.

　　그러나 이제는……!

　　오늘에서야 그에 대한 두려움이 사라졌도다.

　　그리고 저년! 저년 때문에 받은 고통은 더 심했다.

　　나와 함께 살면서 내 피를 말렸어. 그러나 이제

　　저년의 협박도 소용이 없고, 편안히 살게 되었구나.

엘렉트라 오, 나의 오레스테스! 이제 슬픔이 갑절로 늘었구나.

　　네가 죽었다니, 그리고 네 이상한 어미는

　　네 죽음을 기뻐하는구나! 아, 이게 옳은 일인가요?

클리템네스트라 네년이 죽은 게 아니라, 오레스테스가 죗값을 치른

　　거야!

엘렉트라　네메시스*여! 제 말을 들으시고, 오레스테스의 원수를

　　　갚아주시오.

클리템네스트라　신께서 이미 듣고 바른 판단을 내리셨구나.

엘렉트라　이제 절 처단하세요. 당신의 때가 되었잖아요.

클리템네스트라　그런데도 날 억압하려 하다니, 너와 오레스테스가!

엘렉트라　맙소사 지금은 아니오! 억압을 강요당했던 건 우리예요.

클리템네스트라　여봐라, 저년의 입을 다물게 하면,

　　　실로 막대한 보상을 받으리라.

선생　괜찮다면, 이제 돌아가도 되겠습니까?

클리템네스트라　돌아간다고? 절대 안 된다! 나뿐만 아니라

　　　자넬 이곳으로 보낸 친구들도 그럴 아무런 이유가 없을 것

　　　이오.

　　　안 된다. 자신의 비애와 남동생의 비애에 통곡하도록

　　　이년을 여기 남겨두고 안으로 들어가자!

(클리템네스트라, 시종, 선생이 궁으로 퇴장)

엘렉트라　왕비에게 어떤 슬픔과 고통이 있더냐! 그걸 봤느냐?

　　　자기 아들의 죽음에 참으로 격렬히 울고,

　　　거세게도 슬퍼하는구나! 봤느냐?

　　　아니, 비웃을 수밖에 없구나.

---

*　보복의 여신.

아, 내 동생! 아, 사랑하는 오레스테스!

네가 죽었다니.

네 죽음으로 나 또한 죽었도다.

아버지 원수를 갚고 내 수호신으로 당당하게

돌아오리라는 유일한 희망을 잃었구나.

이제 어디에 의지해야 할까? 아버지와 널 빼앗기고

혼자 남았구나. 이제부터 영원히,

아버지를 죽인 혐오스러운 놈들의 노예로

다시 돌아가야 하는구나.

아, 이게 정의란 말인가?

다시는 저들의 지붕 아래로 들어가지 않겠다.

여기 누워 저들의 문밖에서 굶겠노라.

그 짓도 거슬린다면 나와서 나를 죽여라.

그러면 차라리 기쁘겠다.

계속 목숨을 부지하는 게 불행일 것이니,

차라리 죽는 게 낫겠구나.

〔여기부터 870행까지는 모두 노래다〕

송가 1

코러스   제우스여, 그대의 벼락이 어디 있습니까?

태양신의 빛나는 눈이 어디 있습니까?

저들이 이를 경멸하고 보지 못한다면.

엘렉트라   (알아들을 수 없는 곡소리를 낸다)

코러스   내 딸아, 울지 마라.

엘렉트라   (전처럼 운다)

코러스   내 자식아, 불경한 어떤 말도 삼가거라.

엘렉트라   여러분 때문에 가슴이 무너져요.

코러스   도대체 어째서요?

엘렉트라   공허한 희망을 부여잡고 있으니 말이에요.

　이제 누가 그의 원수를 갚죠?

　아들 오레스테스가 무덤 속에 있으니 말이에요.

　이 참담한 심정을 달랠 길이 없어요. 아, 절 내버려두세요.

　더 슬퍼질 뿐이에요.

답송 1

코러스   하지만 암피아라오스*란 늙은 왕도 있었습니다.

　사악한 부인이 황금에 눈이 어두워

　그를 죽였지요. 그가 죽었는데도…….

엘렉트라   (종전처럼 운다)

코러스   그는 살아서 나라를 다스렸어요.

엘렉트라   (종전같이 운다)

코러스   아아, 그렇고말고요! 여자 살인자가…….

---

*   아르고스의 영웅으로 테베와의 전쟁에서 폴리네이키스를 돕지 않자 폴리
네이키스가 암피아라오스의 아내 에리필레에게 황금 목걸이를 주어 왕을
죽이게 함.

엘렉트라　그러나 그녀는 죽었잖아요!

코러스　그렇습니다.

엘렉트라　저도 알아요! 안다고요! 암피아라오스에게는

그의 원수를 갚을 수호자가 있었잖아요.

하지만 저에게는 지금 아무도 없어요.

저에게 남은 건 무덤 속 오레스테스뿐이지요.

송가 2

코러스　그대의 운명이 가혹하고 잔혹하구려.

엘렉트라　저도 잘 안다고요! 비애, 고통,

해가 갈수록 쓰디쓴 슬픔이죠!

코러스　그래요. 전부 알고 있습니다.

엘렉트라　아 간청하오니,

공허한 위로는 하지 마세요.

이제는 귀하고 충직한 남동생에게서

어떤 도움도 바라지 않아요.

답송 2

코러스　어쨌든 죽음은 모든 인간이 피할 수 없는 운명이에요.

엘렉트라　하지만 이렇게는 아니에요! 말의 불룩한 배에

질질 끌려서 짓밟혀 죽는 건 아니라고요!

코러스　그만, 이젠 그만 생각하세요!

엘렉트라　아 그렇게 죽다니! 추방지에서

무덤에 그를 안치할

사랑하는 누이도 없고,

눈물을 흘리고 애도할 사람 하나 없이.

(크리소테미스 등장)

크리소테미스   언니, 너무 행복해서 이렇게 볼썽사납게 서둘러 왔어.

    언니에게 반갑고도 기쁜 소식이야.

    그렇게 오랫동안 견뎌왔던

    고통에서 마침내 해방될 때가 됐어.

엘렉트라   어디서 내 고통을 덜 수 있다는 거니?

    이미 손쓸 도리가 없는데.

크리소테미스   오레스테스가 우리에게 돌아왔어! 지금 내가

    언니 앞에 서 있는 것처럼 확실한 소식이야.

엘렉트라   뭐라고, 불쌍한 동생아, 너 미쳤니?

    너와 나의 재앙을 놀리는 거니?

크리소테미스   놀리는 게 아냐! 아버지 명예를 걸고 맹세해.

    여기 왔다니깐, 우리 곁에.

엘렉트라   한심한 년! 어디서 쓸데없는 소문을 들었구나.

    누가 그렇게 말하더냐?

크리소테미스   누가 말해준 게 아냐. 내 두 눈으로 직접 보고 안 거야.

엘렉트라   불쌍한 년. 도대체 뭘 봐서

    이런 허망한 희망에 들뜬 것이냐?

크리소테미스　부탁이야 들어봐. 그럼 내가 어리석은 소리를

하는지 아닌지 알 거 아니야.

엘렉트라　그럼 말해봐. 그래서 기쁘다면 말이야.

크리소테미스　내가 본 걸 전부 말해줄게. 내가 무덤 근처에 갔을 때

우유로 만든 제물이 꽃을 헌화한 무덤 위에

쏟아져 있는 거야.

의아해서 누가 주변에 있는지

주변을 돌아보고 자세히 살펴보았어.

그러고는 나 혼자인데도, 살금살금 무덤으로 다가가니까,

그곳에, 무덤 가장자리에 머리카락 한 타래가 있는 거야.

막 자른 머리였어.

그 순간 문득 어떤 모습이 떠올랐어.

종종 꿈속에서 보았던 모습이었고,

그게 사랑하는 오빠가 올린 제물이란 걸 알았어.

경건한 마음으로 제물을 들어 올리자 내 눈에

기쁨의 눈물이 가득 차올라왔어.

지금도 그렇지만 오빠 외에는 무덤에

제물을 바칠 사람이 없다고 확신했기 때문이야.

오빠, 언니 아니면 나 말고 누가 그러겠어? 나는 아니었어,

그건 확실해. 언니도 거기 없었고.

언니일 리가 있겠어? 신전을 참배하려 해도 언니가

벌을 받지 않고서는 궁을 나설 수 없도록

저들이 허락하지 않잖아.

어머니도 그런 제물을 올릴 마음은 없고 말이야.

그런 마음이 있는지 우리가 알아봐야겠지만 말이야.

아냐, 사랑하는 언니 엘렉트라,

저 제물은 오레스테스가 바친 거야.

그러니까 용기를 내! 기쁨도 슬픔도

영원한 건 없는 것 같아.

우리 슬픔이 뭔지 알잖아. 다른 건 하나도 모르고.

어쩜 오늘부터 우리에게 행복이 시작되고 있는지 몰라.

엘렉트라　　아 불행한 계집애! 아직 모르는구나!

크리소테미스　　불행하다고? 이게 가장 좋은 소식 아냐?

엘렉트라　　진실은 너의 환상과는 전혀 달라.

크리소테미스　　이게 진실이야. 내 눈을 믿으면 안 돼?

엘렉트라　　불쌍한 계집! 오레스테스는 죽었어! 그에게 우리를 구
　　　　원해달라고

　　　　매달릴 필요가 없어. 우리의 희망이 사라졌어.

크리소테미스　　아아, 아아! 누가 그렇게 말한 거야?

엘렉트라　　그곳에 있던 자가. 그가 죽는 걸 봤다는 자야.

크리소테미스　　그자가 어디 있어? 경악할 소식이야!

엘렉트라　　고향에도, 그리고 우리 어머니에게도 아주 반가운 소식
　　　　이지.

크리소테미스　　아아, 아아! 그럼 도대체 누가

　　　　무덤에 그렇게 많은 제물을 갖다놓은 걸까?

엘렉트라　　오레스테스의 죽음을 애도하는 사람이겠지.

크리소테미스   아, 이제 다 끝났구나! 내가 본 소식을 전하려고

　　　이런 끔찍한 사건이 있는지도 모르고

　　　그렇게 기뻐서 서둘러 왔는데.

　　　지금껏 품고 있던 모든 비통에 더한 고통이 오다니!

엘렉트라   그래도, 날 도와주면,

　　　우리를 짓누르는 짐은 없앨 수 있어.

크리소테미스   뭐, 내가 죽은 자를 다시 살려낼 수라도 있는 거야?

엘렉트라   그런 말이 아냐. 그 정도로 어리석지는 않아.

크리소테미스   그럼 내가 언니를 어떻게 도울 수 있다는 거야?

엘렉트라   위험이 따르는 일을 하는 데는 용기가 필요해.

크리소테미스   우리에게 도움이 되는 일이라면, 하겠어.

엘렉트라   명심해. 노력 없는 성공은 없어.

크리소테미스   시키는 대로 할게.

엘렉트라   그럼 우선 내가 해결해야 할 일이 있어.

　　　늘 그렇듯 우리에겐 도움을 받을 친구가 없잖아.

　　　있던 친구들도 죽임을 당했으니.

　　　우리 둘만 남았고, 우리뿐이야.

　　　오레스테스가 건강하게 굳세게 잘 있다는 전갈을 받는 동안

　　　　에는

　　　언젠가 그가 돌아와 아버지 원수를 갚을 것이란 희망 속에

　　　　살았어.

　　　이제 그가 죽었으니

　　　네게 기댈 수밖에 없구나. 내 손을 잡고 날 도와다오.

겁내지 마. 사랑하는 우리 아버지를 살해한

아이기스토스, 그를 죽일 거야!

이제 네게 그런 사실을 숨길 이유가 없구나.

아무런 희망도 없이 가만히 기다릴 순 없잖아.

산산이 부서지지 않고 남아 있는 희망이 있니?

당연히 네 소유가 되어야 할 재산을

모조리 빼앗긴 사실에 대한 끝없는 분노가

네게 남은 전부야.

저들이 결혼도 못 하게 하고 그렇게 오랫동안

혼자 살게 한 데 대한 분노,

이런 상황이 달라질 거라고는 꿈도 꾸지 마.

아이기스토스는 바보가 아냐.

너나 나에게 자식이 있다면 그들이 후에 자신에게

복수할 거라 생각하겠지. 결혼은 우리에게 불가능한 일이야.

그러니 내 결심을 따라줘.

그래야 네 충절에 대한 찬사를

죽은 아버지와 남동생으로부터 얻게 될 거야.

자유는 타고난 너의 권리 아니겠니.

모든 이들이 용자를 숭배하니

네 지위에 걸맞은 결혼을 해야지.

이런 일을 하여 너 자신과 내가

어떤 영광을 얻게 될지 모르겠어?

아르고인이나 외국인이나 우리를 보고

모두 울부짖을 거야.

'봐라! 폐망한 제 아버지의 집안을 구해낸 자매가 있도다.

원수들의 군림이 막강할 때도 모든 위험을 감수하고

살인자에게 복수를 감행했도다.

사랑과 존경과 영광은 당연히 자매들의 몫이로다.

축제나 모임에서 저들의 용기에 대한

찬사가 쉴 새 없이 쏟아지는구나.'

모든 이에게 그런 칭송을 받게 될 거야.

우리의 영광은 살아서뿐 아니고 죽어서도

오랫동안 계속될 거야.

동생아, 같이 하자! 아버지 편에서 네 형제를 대신해

나와 네 불행에 종지부를 찍자.

고귀한 자에게 수치스러운 고통의 삶이란 치욕일 뿐이야.

코러스　저런 경우, 말이나 대답이나, 진지하게 고민하고

　　　신중하게 판단하는 태도가 가장 큰 도움이 됩니다.

크리소테미스　친구여, 언니가 말을 꺼내기 전에,

　　　조금이라도 신중을 기했다면

　　　저런 앞뒤 못 가리는 말은 하지 않았을 거예요.

　　　도대체 무슨 생각으로 무모한 생각에 사로잡혀

　　　도움을 청하는 거야?

　　　언니가 남자가 아니고 여자라는 건 알아?

　　　언니가 얼마나 나약하고 적은 얼마나 강한지?

　　　저들의 명분은 날로 힘을 얻고,

우리의 명분은 하루가 다르게 미미해지다

결국 아무것도 아닌 게 됐다는 걸?

권력 있는 자가 저절로 파멸하도록 바라는 게 아니라,

그를 타도하겠다는 계획에 과연 희망이 있을까?

그렇지 않아도 절망적인데,

언니가 하는 이런 말을 누가 듣기라도 한다면

상황은 더욱더 나빠질 거야. 명예를 얻는다 해도

치욕스럽게 죽으면 아무 소용없어.

죽음만이 최악이 아니야.

죽음을 갈망하며 살아야 하는 게 최악이지.

언니 제발, 우리 두 사람을 파멸시키고

아버지 가문을 파괴하기 전에 분노를 참아.

언니가 한 말이 내뱉지 않은 말처럼

아무 소용없게 될 거라고.

그러니 너무 늦기 전에,

힘이 없으면 힘 있는 자에게 굴복해야 한다는 걸 알아야 해.

코러스   정말 그래야 해요. 신중함과 분별력이야말로 더할 나위
없는 미덕입니다.

엘렉트라   예상하던 일이다. 내 제안을 거절하리라 생각했어.
그러니 내 손으로만 처리하겠어. 명심해라,
그냥 둬선 안 되는 일이 있다는 걸.

크리소테미스   전에는 이렇게 대담하지 않았잖아! 그랬다면
암살을 막았을 수도 있었잖아!

엘렉트라 뭘 하기엔 너무 어렸잖니. 그럴 생각은 있었어!

크리소테미스 그렇다면 다시 어린 시절로 돌아가도록 해봐.

엘렉트라 날 돕지 않기로 작정한 것 같구나.

크리소테미스 우리를 파멸시킬 위험스러운 일이라면 그래.

엘렉트라 현명하기도 해라! 그리고 참으로 겁도 많구나.

크리소테미스 언젠가 내 지혜에 감사할 날이 올 거야. 그때까지 참고 있겠어!

엘렉트라 그렇게 오랫동안 힘들게 하진 않는다고!

크리소테미스 누가 현명하고 누가 어리석은지는 시간이 말해 주겠지.

엘렉트라 눈앞에서 사라져! 너도 아무 소용없구나.

크리소테미스 내 말을 들을 정도로 현명하다면, 소용 있지.

엘렉트라 네 어미에게나 가봐. 가서 모든 걸 털어봐!

크리소테미스 싫어. 돕지는 않겠지만 미워서 그런 건 아냐.

엘렉트라 하지만 경멸하고 있잖아! 그것도 아주 노골적으로.

크리소테미스 언니 목숨을 구하려는 거야! 그게 경멸이야?

엘렉트라 옳은 일을 하는 거라고는 생각 안 해?

크리소테미스 좋아. 언니가 옳다면, 언니 말을 따를게.

엘렉트라 겉으로만. 그래서 잘못되려고!

크리소테미스 내가 언니에게 써먹는 말들이지.

엘렉트라 정의는 내 편이야. 아니라고 할래?

크리소테미스 정의가 인간을 파멸로 이끌기도 하지.

엘렉트라 내가 그런 원칙을 따르려는 게 아냐.

크리소테미스   그러고 나면 나와 같은 생각을 할 거야.

엘렉트라   그래도 하겠어. 겁먹지 않겠어.

크리소테미스   그런 어리석은 짓 따윈 집어치워! 내 말을 들어!

엘렉트라   싫어! 나쁜 충고보다 더 나쁜 건 없어.

크리소테미스   내 말 한마디라도 언니가 받아들이는 게 있어?

엘렉트라   고민하고 결정한 거야.

크리소테미스   그럼 난 가겠어. 내가 하는 말은 언니가 받아들이지

　　　　　　　않고 언니 행동은 내가 받아들이지 못하니까.

엘렉트라   그럼 가봐. 네가 아무리 원해도

　　　　네 길이 결코 내 길이 될 수는 없는 법이니까.

　　　　불가능한 일을 하려고 하는 게 어리석을 뿐이지.

크리소테미스   현명한 일이라고 생각하면 그렇게 해.

　　　　하지만 그 일로 파멸에 이르게 되면

　　　　내 말이 더 현명했다는 걸 깨닫게 될 거야.

(크리소테미스 퇴장)

송가 1

코러스   (노래한다) 하늘을 나는 새들을 보라.

　　　　확실한 본능에 따라

　　　　자신들을 희생시키고 보살펴준 이들을 보호하고 돌보네요.

　　　　인간이 자연의 법칙을 어찌 어길 수 있습니까?

　　　　법을 제정하고 하늘의 옥좌에 앉은

신들의 분노가 저들을 응징하리오.

죽은 자에게 목소리가 들리는구나.

아 목소리여 전하라, 왕에게, 아가멤논에게,

수치와 비애와 깊고 깊은 치욕의 전갈을.

답송 1

그의 집안은 이미 무너질 지경이었도다.

이제는 새로운 파멸의 원인이 위협하노니,

불화가 그의 수호자들을 갈라놓았도다.

이제는 딸과 딸이 힘을 합해 충성과 사랑을 바치는 대신,

갈등으로 분열하네. 엘렉트라만이 홀로 폭풍과 맞서는구나.

그녀가 이 왕궁에서 더러운 오물인,

저 두 배신자를 없애버린다 해도,

충직하고 목숨에 연연치 않는 그녀는

결코 애도를 멈추지 않는구나.

송가 2

영혼이 고귀한 그는

야비하고 치욕으로 더러워진 삶을 경멸하고,

명예를 선택하는구나,

내 딸. 너 역시 네 아버지를 기리기로 작정하며,

애통한 삶을 수락하지 않았느냐.

치욕을 경멸하며, 두 가지 명예를 얻었구나.

용기와 지혜가 너의 것이로다.

답송 2

너의 승리가 보이는구나. 원수 위에 올라,
저들이 네게서 빼앗은 권력과
부를 회복하였도다.
슬픔 외에는 아무것도 몰랐으나
신들의 저 위대한 법을
신성하고 경건하게 준수하여
너의 비통에 영광으로 보답하였구나.

(오레스테스, 필라데스, 시종들이 등장)

오레스테스 숙녀 여러분, 우리가 찾고 있던 궁에
제대로 온 것인지 알고 싶습니다.

코러스 무엇을 찾고 싶은데요?

오레스테스 아이기스토스, 그의 왕궁이 어디 있는지 알려 주실 수
있나요?

코러스 바로 이곳이에요. 잘 오셨습니다.

오레스테스 여러분 가운데 왕궁 안에 있는 자들에게
오랫동안 기다리던 우리가 왔다고 전해줄 분이 있나요?

코러스 (엘렉트라를 가리키며) 저 여인이 제격이죠.
저들과 가장 가까운 혈육이니까요.

오레스테스   부인, 우리는 포키스에서 왔습니다. 저들에게
아이기스토스와 확실히 해야 할 일이 있다고 전해주십시오.

엘렉트라   아아, 아아! 그게 정말인지, 우리가 들은 소문이 정말인지
증명할 얘기를 가져온 건 사람이 아니군요.

오레스테스   '소문'은 전혀 모릅니다. 전 오레스테스의 친구인
스트로피오스가 보낸 소식을 가져왔습니다.

엘렉트라   아 무슨 소식인지 말해주세요! 겁이 나서 그래요.

오레스테스   그를 고향으로 데려왔습니다. 이 작은 단지에 이제
그의 유해가 담겨 있습니다. 그가 죽었습니다.

엘렉트라   아, 두려웠던 바로 그 소식이구나! 당신의 짐이 보여요.
당신에게는 가벼운 무게이지만 제게는 버거운 슬픔입니다.

오레스테스   당신을 슬프게 하는 게 바로 그의 오레스테스의 죽음
이라면,
저 단지 속에 그의 재를 담아왔습니다.

엘렉트라   그렇다면 절 주세요, 부탁이에요! 지금 이 단지에 그가
들어있다면,
제 품에 안겠어요.

오레스테스   여봐라, 그녀가 누구든, 단지를 그녀에게 드려라.
친구나 어쩌면 그의 가족 중 한 사람일지 모르니.
그가 악에 빠지도록 기원하는 자의 청원도 아니니 말이다.

(엘렉트라 무대 정면으로 나아간다)

(오레스테스와 필라데스는 성문 근처에서 퇴장)

엘렉트라   오레스테스! 나의 오레스테스! 결국, 이렇게 되고

말다니! 널 멀리 떠나보냈을 때 품었던 희망이

결국 이렇게 되었구나!

얼마나 찬란한 아이였는데!

이제야 품에 안았구나, 이렇게 한 줌의 재로!

아, 신이시여! 차라리 내가 죽었다면,

죽음의 위기에서 널 구해내 외국으로 보내지 않았을 텐데!

저들이 널 죽이기는 했겠지만, 그래도 아버지와 함께 죽고

매장되었을 텐데. 머나먼 타국에서 누이도 없이 가엾게

홀로 죽지는 않았을 텐데.

누이의 마지막 애달픈 손길은 널 위한 게 아니었구나!

어떤 낯선 자가 상처를 닦아 네 시신을

집어삼킬 듯한 불길 속에 집어넣었구나.

낯선 자들의 아량으로 집으로 돌아왔구나,

이렇게 가벼운 짐이 되어, 이렇게 작은 단지에 담겨!

아 내 동생아,

너에게 얼마나 많은 사랑과 애정을 쏟았는데!

너는 차라리 네 어미가 아닌 내 자식이었다.

내가 너의 유모였고, 아니 넌 유모도 없었겠지.

나만 늘 누나라고 불렀었지.

그런데 이제 아무 소용도 없구나.

단 하루 만에 허사가 되었구나.

한 차례 거센 바람으로 모든 걸 망쳐버린 것 같구나.

너도 죽었고 아버지도 무덤 속에 누워계시니,

네 죽음이 나에게는 죽음이요,

원수에게는 기쁨이나 다름없구나.

우리 어머니—그녀가 어머니라면—환희의 춤을 추겠지.

네가 돌아오면 그녀에게 복수할 것이라는

수많은 밀약을 내게 보냈었기에 말이야.

아, 아니구나! 잔혹한 운명이 널 파멸시키고

나 또한 파멸시키니 모든 게 허사로다.

내가 사랑한 동생이 죽었으니

아버지의 집안에는 유골과 공허한 그림자만이 남았구나.

아, 불쌍하구나! 불쌍하고, 애통하고, 비통하다!

잔인하고 잔인한 귀향이로구나,

사랑하는 동생아! 나는 이제 살 수가 없다.

아, 나도 데려가다오! 네가 무(無)로 돌아갔으니,

나 역시 이제 아무것도 아니로다. 지금부터 너와 함께

유령들 속에서 살겠다. 한마음으로 생을 살았으니,

이제 죽어서도, 하나의 목숨을 함께 나누며

살았던 것처럼 무덤도 함께 나누며

하나로 살자꾸나. 아, 죽게 해다오.

죽음만이 이 비통한 마음을 누를 수 있겠구나.

코러스   엘렉트라, 언젠가는 죽어야 할 운명으로 아버님도 돌
　　　　아가셨고,

　　　　오레스테스도 죽었어요.

우리 역시 모두 죽을 거예요.

오레스테스   이런 말에 제가 어떤 대답을 할 수 있을까요?

무슨 말을 할 수 있을까요? 해야 하는데, 할 말이 없습니다.

엘렉트라   이봐요, 무슨 고민이 있나요? 왜 그런 말을 하는 거죠?

오레스테스   당신이 공주십니까? 엘렉트라이신가요?

엘렉트라   천하게 보일지도 모르겠지만, 엘렉트라입니다.

오레스테스   이 지경까지 되다니!

엘렉트라   그런데 왜 제게 그런 동정의 말을 하나요?

오레스테스   심한 학대와 모욕을 당했군요!

엘렉트라   엘렉트라에 대한 나쁜 말도 세련되게 하시네요, 낯선 양반.

오레스테스   너무 잔인하군요! 결혼도 못하고, 학대당하다니!

엘렉트라   이봐요, 왜 그렇게 뚫어지게 불쌍한 표정으로 절 보는 거죠?

오레스테스   저 자신의 불행이 얼마나 커다란지 가늠하기 힘들었습니다.

엘렉트라   제가 한 어떤 말에 그런 생각이 떠오른 거죠?

오레스테스   말이 아닙니다. 당신이 겪은 고통을 보니.

엘렉트라   고통을 봤다고? 당신이 본 건 아무것도 아니에요!

오레스테스   어떻게? 이보다 더한 고통이 있을 수 있나요?

엘렉트라   사는 거죠. 지금처럼 살인자들과 함께.

오레스테스   무슨 살인자들이요? 누가 그런 죄를 지었습니까?

엘렉트라   제 아버지를 죽인 자들이죠. 게다가 절 노예 취급했어요!

오레스테스   그런데 누가 당신을 노예로 부리라는 명을 내렸죠?

엘렉트라   어머니라 부를 수밖에 없는 여자죠!

오레스테스   어머니가 무슨 짓을 한 겁니까? 억압? 폭력?

엘렉트라   폭력, 억압, 사악한 짓이란 짓은 전부!

오레스테스   보호자가 없어요? 그런 걸 막아줄 사람이 아무도?

엘렉트라   한 사람 있었는데 죽었어요. 이게 그의 유골이에요.

오레스테스   가혹한 인생! 참으로 불쌍한 분이군요.

엘렉트라   날 동정하는 건 당신뿐이에요!

오레스테스   당신의 슬픔에 공감하는 사람일 뿐이죠.

엘렉트라   당신은 정체가 뭐죠? 혹시 친척인가요?

오레스테스   이 여성들을 믿어도 된다면 말해주리다.

엘렉트라   그래요, 믿어도 돼요. 제 친구들인 데다, 충직해요.

오레스테스   단지를 돌려주면, 전부 털어놓겠소.

엘렉트라   싫어요, 싫어요. 부탁이에요. 너무 잔인하게 굴지 마세요!

오레스테스   부탁대로 해주시오. 그래도 괜찮으실 거예요.

엘렉트라   제가 가진 전부라고요! 제게서 그걸 빼앗아 가진 못해요!

오레스테스   그걸 갖고 있으면 안 됩니다.

엘렉트라   아, 사랑하는 나의 오레스테스, 잔인하기도 하구나! 널 문지도 못하다니.

오레스테스   매장에 대한 언급이나 당신의 눈물, 모두가 잘못된 일이오.

엘렉트라   내 동생의 죽음을 애도하는 게 어떻게 잘못된 일이죠?

오레스테스   그렇게 말씀하지 마세요.

엘렉트라　그에 대한 나의 권리를 모두 빼앗겨야만 하는가요?

오레스테스　그대는 아무것도 빼앗긴 게 없습니다! 이것은 당신

　　　께 드리는 게 아녜요.

엘렉트라　좋아요. 오레스테스를 내 품에 안고 있다면!

오레스테스　이것은 오레스테스의 허구일 뿐이오.

엘렉트라　그렇다면 불행한 내 동생 무덤은 어디에 있나요?

오레스테스　아무 데도 없소. 살아 있는 자한테 어찌 무덤이 있겠소!

엘렉트라　나의 친구여! 무슨 말이오?

오레스테스　내 말은, 진실이오.

엘렉트라　내 남동생이 살아 있나요?

오레스테스　내가 살아 있다면!

엘렉트라　당신이 오레스테스?

오레스테스　이 반지, 우리 아버지의 반지를 보시오.

　　　이제 내 말을 믿겠소?

엘렉트라　아, 행복한 날이로다!

오레스테스　엄청난 행복이!

엘렉트라　그게 네 목소리냐? 지금 도착한 것이냐?

오레스테스　내 목소리고, 막 도착했소이다!

엘렉트라　품에 안아봐도 되겠느냐?

오레스테스　그래요. 다시는 헤어지지 않도록.

엘렉트라　아, 보시오, 나의 친구들이여! 아르고의 내 친구들이여,

　　　보시오! 오레스테스요! 계략으로 죽었다가

　　　계략으로 다시 살아났소.

코러스　그의 모습을 보고, 그대가 행복해하는 모습을 보니,

　　　나의 자식아, 기쁨의 눈물이 앞을 가리는구나.

〔여기부터 1,288행까지, 엘렉트라는 노래로, 오레스테스는 말로 대사를 주고받는다〕

송가

엘렉트라　내 남동생이 여기 있다니! 사랑하는 내 아버지의 아들이!

　　　나를 보고 싶어 했는데, 드디어 날 찾아냈구나!

　　　아, 네가 나에게 왔구나!

오레스테스　그래요. 제가 왔어요. 하지만 기쁨을 참고 기다리세요.

　　　궁에 있는 자들이 우리 얘기를 들을지도 모릅니다.

엘렉트라　아 처녀의 여신에 맹세코, 아르테미스에 맹세코,

　　　궁에 있는 저자들을 경멸하나니.

　　　쓸모없고 소용없는 여자들이여!

　　　아 왜 내가 저들을 두려워해야 하는가?

오레스테스　명심하세요. 여자가 해를 가하지 못할 정도로 약하지

　　　는 않아요.

　　　그 증거를 봤잖아요.

엘렉트라　아, 나 말이구나! 어떤 어둠도 숨기지 못하고,

　　　어떤 망각도 지우지 못하며,

　　　어떤 지상의 힘도 없애지 못하는,

　　　그 더러운 죄.

오레스테스　모두 알고 있어요. 하지만 참지 않고

　　　말해도 될 때가 되면 말하기로 해요.

답송

엘렉트라　지금이나 앞으로 매 순간

　　　혐오스러운 마음을 큰 소리로

　　　외쳐도 될 때가 되었구나.

오레스테스　그래요. 하지만 그 순간이 올 때까지는 안 돼요.

　　　함부로 말하다간 자유를 잃을지도 몰라요.

엘렉트라　어찌하면 내 혀에 사슬을 묶고 내 기쁨을 억누를 수가

　　　있겠느냐?

　　　무사히 돌아온 널 보며 어찌 가만히 있을 수 있겠느냐, 동생아?

　　　그럴 엄두도 나지 않는구나.

오레스테스　저도 오랫동안 기다려왔어요.

　　　하지만 신의 목소리가 들리고 나서야 서둘렀어요.

엘렉트라　아, 최고 중 최고의 기쁨이로다.

　　　하늘이 널 내게 보내주다니!

　　　신의 조화가

　　　우리와 함께하는 게 보이는구나.

오레스테스　누나의 벅차오른 기쁨을 막기 힘들지만,

　　　이렇듯 너무 오래 기뻐하면 위험해져요.

종막

엘렉트라 때를 기다리다 너무 지쳤어!

이제 드디어 네가 왔으니,

애통한 나의 모든 마음도 끝을 보이니,

아, 내 행복을 억누르지 마라.

오레스테스 알겠어요. 하지만 우린 신중해야 해요.

엘렉트라 내 친구들이여, 동생 목소리를 들었어요.

다시는 들을 수 없다고 생각했는데.

그러니 어찌 이 기쁨을 참을 수 있겠어요?

아, 이제야 너를 만났는데,

지독한 비애 속에서도 잊지 못했던

사랑하는 얼굴을 보게 됐는데 말이야.

오레스테스 들어야 할 일이 너무 많아요! 어머니의 죄와 잔인함,

왕권 찬탈자가 우리 조상의 재산을 강탈하여,

사치하고 함부로 악용한 얘기를.

그러나 저들의 만행을 다 듣기에는 시간이 부족해요.

하지만 이런 위험한 일에 도움이 될 만한 얘기는 해주세요.

저들의 웃음을 잠재우려면,

제가 어디로 숨어야 하고,

어디에서 원수와 마주쳐야 할까요?

그러니 조심하세요.

어머니가 누나 얼굴을 보고 비밀을 눈치를 채면 안 돼요.

안으로 들어가면 기쁨을 감추세요.

슬픈 모습으로 누나가 들은 얘기가 사실인 양
애도하는 척하세요. 원수를 갚고 나면
웃을 시간은 충분할 테니까요.

엘렉트라   동생아, 널 돕는 일이라면 내게는
법이나 다름없어. 네 기쁨이 곧 나의 기쁨이야.
너로 인한 기쁨 외에 나의 기쁨은 아무것도 없으니 말이다.
그리고 모든 걸 쟁취하기 위해서 난 네게
한순간의 고통도 야기하지 않고,
이제는 우리 편인 신들의 은혜를 구하려고도 하지 않겠어.
이제는 네가 하라는 대로 하겠어.
아이기스토스는 해외에 나가서 궁에 없단다.
그러나 어머니는 있어. 그녀가 내 얼굴에서
행복한 표정을 보게 될까 두려워하지 않아도 돼.
그녀에 대한 증오를 떠올리면
미소란 미소는 다 사라지거든.
눈물이 흐를 거야!
네가 돌아온 걸 기뻐하는 눈물이겠지만.
오늘은 눈물이 철철 흐르는 날이구나.
죽었다고 생각했던 네가 살아 있는 걸 보니.
너무나 기괴한 날이라 아버지께서 나타나셔서
우리에게 인사를 해도 유령이라는 생각은 들지 않고,
진짜라고 믿을 정도야. 그러니 돌아와서
스스로 기적이 되었으니 네 뜻대로 할게.

네가 죽고, 내가 혼자 남았다면

그 모든 위험을 나 혼자 감행하다

영광스레 구원을 받거나 영광스런 죽음을 맞이했을 거야.

오레스테스　쉿! 누가 궁에서 나오는 소리가 들려요.

엘렉트라　환영하오, 낯선 이들이여. 들어오세요.

가져온 짐은 거절하거나 환영 못 할 그런 건 아니군요.

(선생이 궁에서 등장)

선생　무분별한 바보들이군요! 도대체 생각이 없소이까?

그대가 죽든 살든 상관없소?

정신 나가셨소? 위험에 빠져 있다는 사실을 모르겠소?

위험은 먼 곳이 아니라 바로 이곳에 있소이다!

성문 안에서 보초를 서지 않았다면,

저들이 그대를 만나기도 전에

그대의 계획을 다 알아챘을 것이오.

내가 잘 처리했으니 망정이오.

그러니 얘기와 이런 기쁨 어린 울음은 인제 그만두시오.

안으로 들어가세요. 이런 순간에 지체하는 건

위험한 일이오. 행동으로 옮기고, 마무리를 지으세요.

오레스테스　내가 안으로 들어가면, 거기서 그걸 어떻게 찾지?

선생　모든 것이 잘됐습니다. 이대로 하세요. 저들이 몰라볼 것

입니다.

오레스테스   그럼 내가 죽었다고 전했소?

선생   그렇습니다. 저들 눈에 그대는 이미 죽고 없는 사람입니다.

오레스테스   그래 저들이 기뻐하던가? 아니면 뭐라고 하던가?

선생   그 얘긴 다음에 하기로 하죠. 궁 안에서 모든 얘기가
    잘 됐습니다. 수치스러운 일도요.

엘렉트라   도대체, 이분이 누구냐, 오레스테스?

오레스테스   모르겠어요?

엘렉트라   짐작도 못하겠구나.

오레스테스   예전에 누나가 나를 건네줬던 사람을 모르겠어요?

엘렉트라   어떤 사람? 무슨 얘기를 하는 거냐?

오레스테스   이 사람 편으로 누나가 날
    아무도 모르게 포키스로 보냈잖아요.

엘렉트라   뭐라고, 이분이 그 사람이라고? 아버지가
    살해당했을 당시 끝까지 충절을 지켰던 단 한 사람?

오레스테스   바로 그 사람이에요. 증거를 보자고 할 필요도 없어요.

엘렉트라   너무나 반가워요! 친애하는 친구여, 오로지 당신에게만
    아가멤논 집안이 구원의 빚을 졌구려.
    어째서 여기 계시는 거죠? 우리를 죽이려던 자들로부터
    우리 둘을 구했던 분이 정말 당신이란 말이오?
    저기, 당신의 손, 그 충직했던 손을 좀 잡아 볼게요.
    아 나의 친구여! 너무도 가슴 아픈 말 속에
    숨겨진 기쁨이긴 하지만, 기쁨을 전하기 위해 온
    당신을 어떻게 몰라봤을까요?

아버지라 부르며 딸로서 인사드리겠어요.

내게 당신은 아버지와 같은 분이세요. 조금 전까지도

당신을 얼마나 증오했는지. 이제는 너무나 사랑합니다!

선생 그 정도만 하세요. 할 말은 많지만,

앞으로 수많은 낮과 밤이 기다리고 있으니,

엘렉트라, 그때 다 얘기하지요.

잠시 드릴 말이 있소이다, 오레스테스, 퓔라데스.

이 순간에 그대의 인생이 걸렸소. 지금 그녀가 혼자 있소.

주변에는 병사 한 명 없소이다. 하지만 지체하면,

저들만이 아니라, 무예에 능한 군사들을

더 많이 대적해야 할 것이오.

오레스테스 퓔라데스, 이제 얘기할 시간이 없어.

때가 된 것 같구나. 자, 갑시다.

가면서 왕궁 앞에 서 있는 모든 신께 경배를 올립시다.

(오레스테스가 성문 양쪽의 신상(神像)들 앞에서 기도한 후 퓔라데스와 함께 궁에 들어가고, 엘렉트라는 클리템네스트라의 제물이 아직 놓여 있는 신전으로 간다)

(선생 퇴장)

엘렉트라 오, 아폴로 신이여, 저들의 기도를 들어주소서.

저들을 굽어 살펴주소서. 제 기도도 들어주소서!

제가 가진 제물을 바치며 수없이 탄원했다니,

이제 제 손이 빈손이라 해도,

그대에 간청하고, 애원하고, 간원합니다.

아폴로 신이여. 은혜를 베풀어주시어,

저희의 목적을 이루어주소서.

그리고 죄를 지은 자에게 신들이 어떤 징벌을 내리는지 온
천하에 보여주소서.

(엘렉트라 궁으로 퇴장)

송가

코러스　(노래한다) 죽음의 신이 냉혹하고 단호하게 어디로 나아가
는지 보라.

정의의 수호신이요,

신들의 사냥개인 복수의 여신들이

미친 듯이 죄의 뒤를 쫓아

왕궁으로 들어갔도다.

내 앞에 어떤 환영이 떠오르니,

이제 곧 완전한 모습을 보게 되리라.

답송

신들의 사절(使節)이, 발소리를 죽이고

제 조상의 오랜 고향인

왕궁 안으로 안내되니

손에는 날카로운 검을 들고,

헤르메스의 인도대로,

자신의 계획을 어둠으로 가리고

곧바로 복수에 임하도다.

(엘렉트라 등장)

엘렉트라   나의 친구들이여, 조용히 계세요. 오래 걸리지는

　　　　　않을 거예요. 만반의 준비가 되었으니, 곧 덮칠 거예요.

코러스   지금 뭐하고 있는데요?

엘렉트라   그녀가 단지를 들고 매장하려 하고 있어요.

　　　　　그들은 근처에 있고요.

코러스   그런데 그대는 왜 나오셨나요?

엘렉트라   보초를 서 있다가,

　　　　　아이기스토스가 오면 경고를 보내려고요.

클리템네스트라   (안에서) 아……! 살인자들은 넘치는데,

　　　　　친구는 단 한 명도 없구나!

엘렉트라   누군가 안에서 비명을 지르고 있어요. 들려요?

코러스   들었어요……. 소름이 돋는군요. 무서워요.

클리템네스트라   아이기스토스! 아, 어디 있나요? 저들이

　　　　　날 죽이려고 해요.

엘렉트라   저기, 다시 또 비명이!

클리템네스트라   내 아들아, 아들아!

네 어미를 불쌍히 여겨다오!

엘렉트라 당신에게는 그를 위하거나,

그의 아버지를 위하는 사람이 아무도 없었어!

코러스 (노래한다) 아, 나의 도시여! 불행한 왕의 혈통이여!

그렇게 오랜 세월 비운에 시달리더니,

이제 지나가는구나.

클리템네스트라 아……! 저들이 날 쳤도다!

엘렉트라 힘이 남아 있으면, 그녀를 다시 쳐라!

클리템네스트라 또다시 치는구나!

엘렉트라 세 번째 가격이 있기를 신께 기도하라,

그러면 그건 아이기스토스를 위해 남겨두지!

코러스 (노래한다) 복수를 위한 통곡이 시작됐도다. 죽은 자들이

휘젓고 다니는구나.

오래전에 죽임을 당한 자들이 이제는 그 대가로

자신들을 죽인 자들의 피를 마시도다.

코러스 (말한다) 보라, 저들이 오고 있다. 피범벅이 된 팔에서

죽임을 당한 자들의 피가 떨어지는구나. 당해도 마땅한 일

이지.

(오레스테스와 퓔라데스 등장)

엘렉트라 두 사람 모두 괜찮아요?

오레스테스 궁 안 사정도 모든 게 괜찮아요. 아폴로의 신탁이 제

대로 이루어졌다면 말이죠.

엘렉트라   그럼 그녀가 죽었어?

오레스테스   이젠 두려워할 필요 없어요. 어머니의 교만도 잔인함도.

코러스   조용히! 아이기스토스가 오는 게 보입니다.

엘렉트라   뒤로 물러서, 오레스테스.

오레스테스   그가 오는 게 분명해요?

엘렉트라   그래, 시내에서 오고 있어. 웃으면서.

　　　이제 우리 수중에 들어왔구나.

코러스   (노래한다) 빨리 문간으로 돌아가세요. 하나는

　　　완수했으니, 두 번째 계획도 잘 되기를!

오레스테스   잘될 겁니다. 걱정하지 않아요.

엘렉트라   그럼, 네가 있던 데로 돌아가.

오레스테스   당장 가겠어요.

엘렉트라   나머지는 내게 맡겨.

(오레스테스와 퓔라데스 궁으로 들어간다.)

코러스   (노래한다) 그에게 다정하게 말을 건네세요.

　　　그래야 아무것도 모르고 보복을 당할 거예요.

(아이기스토스 등장)

아이기스토스   포키스에서 오레스테스에 대한 소식을 가져온 자들

이 있다고 하던데.

저들의 말로는 오레스테스가 전차 시합에서

죽었다는군. 이자들이 어디 있느냐?

알고 있는 사람이 있느냐? (엘렉트라에게) 너! 그래 넌 알고 있

　　겠구나.

네게는 각별한 소식이 아니겠느냐!

엘렉트라　알고 있습니다. 물론 알고말고요. 동생을 사랑했죠.

어떻게 그의 죽음을 가벼이 볼 수 있겠어요?

아이기스토스　그럼 그자들을 어디서 찾을 수 있는지 말해보아라.

엘렉트라　저기 안에 있습니다.

클리템네스트라의 심장을 향해 나갔는데요.

아이기스토스　저들이 그런 전갈을 가져온 게 사실이냐?

엘렉트라　전갈보다 더한 것을 가져왔죠. 오레스테스도

데려왔으니까요.

아이기스토스　뭐라, 바로 그 시신이 보이더냐?

엘렉트라　그래요. 당신이 이런 장면을 보게 되어 다행이군요.

아이기스토스　우리가 늘 이렇게 기분 좋게 만난 건 아니었는데!

엘렉트라　이런 게 맘에 든다면, 환영이에요.

아이기스토스　입 다물고 가만히 있어라. 문을 열어라.

(성문이 열리자 오레스테스와 필라데스가 수의를 덮은 클리템네스트라의 시
신 위에 서 있는 모습이 나타난다)

아르고스의 시민이여, 봐라!

저자에게 희망을 품은 자가 있다면,

그 희망은 산산이 부서졌도다.

이 시체를 보고 내가 주인임을 깨우치거라.

아니면 억센 나의 팔로 교훈을 깨닫게 해주마.

엘렉트라 가르칠 필요 없어요. 난 이미 군림한 자들과

평화롭게 살아야 한다는 걸 깨달았으니까요.

아이기스토스 제우스 신이여! 여기 쓰러진 자가 우리 눈앞에 있나니,

성난 신들에게 당했도다.

네메시스*여, 제 말에 신경 쓰지 마십시오.

신경 쓰인다면 취소하겠나이다.

이제 수의를 걷고 얼굴을 보자.

친척이었으니, 나도 애도해야지 않겠느냐.

오레스테스 애도를 해야 할 것이오. 이 얼굴을 보고

작별 인사를 해야 할 사람은 내가 아니고 그대이니.

아이기스토스 참으로 내가 할 일이다. 그리하겠다.

클리템네스트라가 근처에 계시면, 모셔오너라.

오레스테스 멀리서 찾지 마시오. 당신 코앞에 있잖소.

(아이기스토스가 얼굴에서 수의를 벗긴다)

---

* 복수의 여신.

아이기스토스 이럴 수가! 이게 어떻게 된 일이냐?

오레스테스 왜 처음 보는 얼굴이, 무섭소이까?

아이기스토스 날 함정에 빠뜨려 파멸시키려는 넌 누구냐?

오레스테스 이미 보지 않았소?

　　　죽었다고 여겼으나 여전히 살아 있는 자요.

아이기스토스 아……, 이제야 알겠다. 말하고 있는

　　　네놈이 바로 오레스테스!

오레스테스 코앞에 있는 것도 못 보면서,

　　　앞일은 잘도 읽는구려.

아이기스토스 아……, 네놈이 날 죽이려고 왔구나!

　　　말할 시간을, 시간을 좀 다오.

엘렉트라 신에 맹세코, 안 돼, 오레스테스! 저자를

　　　길게 말하게 해선 안 돼! 단 한마디 말도 안 돼!

　　　저자의 얼굴은 죽음의 얼굴이나 마찬가지야.

　　　시간을 끈다고 득 될 것 하나 없다.

　　　당장 죽여라! 죽이고 나면, 시체를 보이지 않게 치워 버리고

　　　저놈에게 걸맞은 장례를 치러주거라.

　　　짐승의 밥이 되도록! 그야말로 그렇게 해야

　　　저자가 저지른 모든 죄에 대한 죗값을 치르는 거야.

오레스테스 자, 나와 함께 안으로 들어갑시다.

　　　지금은 얘기할 때가 아니오. 당신의 목숨은 내게 달렸소.

아이기스토스 왜 안으로? 네놈이 하는 짓이 부끄럽지 않다면,

　　　죄다 드러내놓고 해라.

오레스테스　나한테 명령하지 마라. 안으로 들어가라.

그러면 네놈이 우리 아버지를 죽였던 곳에서 똑같이 죽여주마.

아이기스토스　아트레우스*의 이 왕궁이 죽임에 죽임을 당하는

장면을 대대로 지켜봐야 할 것 같구나.

오레스테스　네놈의 죽음을 먼저 지켜보겠지.

그 정도는 내게도 보이는구나.

아이기스토스　네 아비에게서 예지력은 물려받지 못했구나!

오레스테스　할 말이 많겠지만, 시간이 흐르는구나. 가라!

아이기스토스　먼저 가라.

오레스테스　네놈이 앞서가라.

아이기스토스　도망가지 못하게 말이냐?

오레스테스　네놈이 선택한 곳에서

죽이지 않기 위해서다. 쓰디쓴 죽음의 맛을

보게 해주겠다. 보복이 순식간에 분명히 이루어지고,

제멋대로 날뛴 자가 목숨으로 죗값을 치르면,

사악한 놈들이 줄어들게 되리라.

(오레스테스, 퓔라데스, 엘렉트라, 아이기스토스 퇴장)

코러스　(환호한다) 아트레우스의 자손이여, 이제야 마침내

제물을 바치는 일이 끝났도다.

---

* 펠롭스의 아들, 미케네의 왕.

구원을 얻었으니, 이제 다시 조상의
혈통이 회복되었도다.

옮긴이 이미경

이화여자대학교 통번역대학교 번역학과 석사학위를 취득했다. 현재 출판번역에이전시 베네트랜스에서 출판 전문 번역가로 활동 중이다.

오이디푸스 왕 · 안티고네 · 엘렉트라

초판 1쇄 발행 | 2018년 2월 20일

지은이 | 소포클레스
옮긴이 | 이미경

펴낸이 | 이상영
책임편집 | 카후, 고현진
마케팅 | 푸른나래
디자인 | 호기심고양이

펴낸곳 | 별글
블로그 | http://blog.naver.com/starrybook
등록 | 128-94-22091(2014년 1월 9일)
주소 | 경기도 고양시 덕양구 오금로 7 305동 1404호(신원동)
전화 | 070-7655-5949   팩스 | 070-7614-3657

ISBN 979-11-86877-60-9
     979-11-86877-49-4(세트)

• 별글은 독자 여러분의 책에 대한 아이디어와 원고 투고를 기다리고 있습니다. 책 출간을 원하시는 분은 이메일starrybook@naver.com으로 간단한 개요와 취지, 연락처 등을 보내주세요.